김명순
전집
시 · 희곡

김명순
전집
시 · 희곡

맹문재 엮음

현대문학

한국 최초의 여성 소설가 김명순.

13세(1909년)

18세(1914년)

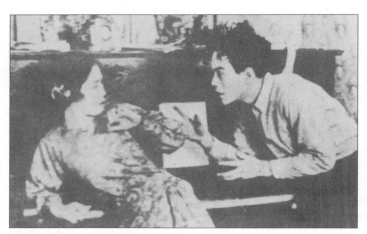

영화 〈노래하는 시절〉 출연 장면.(1930년)

창작집 『애인의 선물』 출간 당시의 김명순.

첫 창작집(1925년)

두 번째 창작집(1930년 추정)

김상배가 편한 전집(1981년)

　　한국현대문학은 지난 백여 년 동안 상당한 문학적 축적을 이루었다. 한국의 근대사는 새로운 문학의 씨가 싹을 틔워 성장하고 좋은 결실을 맺기에는 너무나 가혹한 난세였지만, 한국현대문학은 많은 꽃을 피웠고 괄목할 만한 결실을 축적했다. 뿐만 아니라 스스로의 힘으로 시대정신과 문화의 중심에 서서 한편으로 시대의 어둠에 항거했고 또 한편으로는 시대의 아픔을 위무해왔다.

　　이제 한국현대문학사는 한눈으로 대중할 수 없는 당당하고 커다란 흐름이 되었다. 백여 년의 세월은 그것을 뒤돌아보는 것조차 점점 어렵게 만들며, 엄청난 양적인 팽창은 보존과 기억의 영역 밖으로 넘쳐나고 있다. 그리하여 문학사의 주류를 형성하는 일부 시인·작가들의 작품을 제외한 나머지 많은 문학적 유산들은 자칫 일실의 위험에 처해 있는 것처럼 보인다.

　　물론 문학사적 선택의 폭은 세월이 흐르면서 점점 좁아질 수밖에 없고, 보편적 의의를 지니지 못한 작품들은 망각의 뒤편으로 사라지는 것이 순리다. 그러나 아주 없어져서는 안 된다. 그것들은 그것들 나름대로 소중한 문학적 유물이다. 그것들은 미래의 새로운 문학의 씨앗을 품고 있을 수도 있고, 새로운 창조의 촉매 기능을 숨기고 있을 수도 있다. 단지 유의미한 과거라는 차원에서라도 그것들은 잘 정리되고 보존되어야 한다.

　　이러한 당위적 인식이, 2006년 한국문화예술위원회의 문학소위원회에서 정식으로 논의되었다. 그 결과, 한국의 문화예술의 바탕을 공고히

하기 위한 공적 작업의 일환으로, 문학사의 변두리에 방치되어 있다시피한 한국문학의 유산들을 체계적으로 정리, 보존하기로 결정되었다. 그리고 작업의 과정에서 새로운 의미나 새로운 자료가 재발견될 가능성도 예측되었다.

그러나 방대한 문학적 유산을 정리하고 보존하는 것은 시간과 경비와 품이 많이 드는 어려운 일이다. 최초로 이 선집을 구상하고 기획하고 실천에 옮겼던 한국문화예술위원회의 위원들과 담당자들, 그리고 문학적 안목과 학문적 성실성을 갖고 참여해준 연구자들, 또 문학출판의 권위와 경륜을 바탕으로 출판을 맡아준 현대문학사가 있었기에 이 어려운 일이 가능하게 되었다. 이런 사업을 해낼 수 있을 만큼 우리의 문화적 역량이 성장했다는 뿌듯함도 느낀다.

〈한국문학의 재발견-작고문인선집〉은 한국현대문학의 내일을 위해서 한국현대문학의 어제를 잘 보관해둘 수 있는 공간으로서 마련된 것이다. 문인이나 문학연구자들뿐만 아니라 더 많은 사람들이 이 공간에서 시대를 달리하며 새로운 의미와 가치를 발견하기를 기대해본다.

2009년 1월

출판위원 염무웅, 이남호, 강진호, 방민호

한국 최초의 여성 소설가이자 시인인 김명순의 시와 희곡들을 엮은
『김명순 전집』의 원고들을 최종으로 살펴보는 이 순간, 사람의 인연이란
참으로 묘하다는 생각이 든다. 내가 김명순의 작품들을 모아 전집을 간
행하는 일은 실로 신기한 것이다. 나는 이번 기회를 통해 사람의 인연이
란 관심을 갖고 노력하면 이루어진다는 사실을 깨닫는다. 뿐만 아니라
시나 학문도 마찬가지라고 생각한다. 따라서 나는 10년 가까이 김명순과
함께한 인연을 소중하게 품는다.

오늘도 사회 곳곳에서 들리는 구조조정, 해고, 실업, 부도, 자살…….
세계적 금융위기의 시대에 많은 사람들이 떨고 있다. 나는 이 전집이 사
람들의 추위를 녹여주지는 못할지라도 한국 문학의 발굴 및 재평가 차원
에서 의의를 갖는다고 생각한다.

기적적으로 발굴한 김명순의 두 번째 창작집 『애인의 선물』을 기꺼이
건네준 보성고등학교의 오영식 선생님께 감사드린다. 『김탄실 나는 사랑
한다』를 통해 김명순의 삶을 자세하게 정리해준 김상배 선생님께도 감사
드린다. 이 전집이 나오도록 도와준 최동호 · 고형진 고려대 선생님과 꼼
꼼하게 교정을 봐준 이주희 시인께도 감사함을 전해드리지 않을 수 없
다. 그리고 책을 공들여 만들어준 (주)현대문학에도 고마움을 전한다.

조만간 김명순의 소설과 산문을 묶은 또 다른 『김명순 전집』이 출간

될 것이다. 한꺼번에 출간되지 못해 아쉬움이 들지만 꼼꼼하게 살필 수 있는 기회를 가졌다고 생각한다.

안양대학교에서 또 한 권을 책을 낼 수 있게 되었다. 김승태, 윤충의, 이경혜, 박철우 선생님께 감사드린다. 나와 함께 공부하는 제자들에게도 고마움을 전한다.

좋은 인연을 만들기 위해 더욱 공부할 일이다.

2009년 1월
맹문재

* 일러두기

1. 『생명의 과실』(1925) 및 『애인의 선물』(1930년 추정)에 수록된 작품을 원본으로 삼았다. 나머지 작품들은 신문 및 잡지 등에 실린 것이다.
2. 신문이나 잡지에 발표되었다가 『생명의 과실』 및 『애인의 선물』에 수록된 작품 중 내용이 달라진 경우는 비교해볼 필요가 있다고 판단해 함께 수록했다.
3. 작품의 배열은 발표 연대순으로 했다. 번역시는 별도로 정리했다.
4. 원문을 해치지 않는 범위 내에서 맞춤법, 띄어쓰기 등을 현대 표기로 고쳤다. 한자는 한글로 고쳤으며 그대로 둘 필요가 있는 경우는 나란히 달았다. 설명이 필요한 경우는 각주 처리를 했다.
5. 원문을 판독할 수 없는 글자는 네모(ㅁ) 기호로 표기했다.
6. 화보 및 작가 연보의 일부는 김상배 편, 『탄실 김명순 나는 사랑한다』(솔뫼, 1981)에서 가져온 것이다.

차례

제4부_『애인의 선물』의 시들

제5부_『애인의 선물』이후의 시들

제6부_번역 시

II. 희곡 · 각본

제 1 부 『생명의 과실』
이전의 시들

조로朝露의 화몽花夢

1

탄실彈實이는 단꿈을 깨뜨리고 서어함에 두 뺨에 고요히 굴러 내려가는 눈물을 두 주먹으로 씻으며 백설 같은 침의寢衣를 몸에 감은 채 어깨 위에는 양모羊毛로 두텁게 직조한 흰 숄을 걸치고 십자가의 초혜草鞋를 신고 후원의 이슬 맺힌 잔디 위로 창랑蒼浪히 걸어간다. 산뜩산뜩한 맨발의 감각— 저는 파초 그늘 아래에서 어깨에 걸쳤던 것을 잔디 위에 펴고 앉았다. 장미화의 단 향기를 깊이깊이 호흡하며 환상을 그리면서.

동편 담 아래 두 그루의 장미화
어제 오늘 반개半開하며
이슬을 머금어 미美의 흰 대로
희고 붉게 아연雅妍히 피었다.

아직 세상을 못 본 무구無垢한 용자容姿
아침 바람에 더욱 연연妍妍히
동경하는 노래를 하는 것같이
자옥紫玉한 향기에 몽롱히 졸으매

아아 파도의 잔잔한 희롱이 들린다.
상냥한 물결에게

임이 오실 때를 물으매
다만 찰싹찰싹 웃으면서

파로波路에 멀리 사라지신 임이여
지금은 어느 곳에—
금년에도 5월절五月節이 돌아와
만물이 희희嬉嬉하나이다마는

오오 지난날의 미쁘신 언약 지난들
비록 천만 대代를
한없는 영원을 아시는 임이시니
감히 저버리리까마는

오오 거문고의 줄이 끊어지나이다
나의 눈물은 다만
꽃에서 꽃으로 방황하는
호접胡蝶의 마음을 옮이오니

2

백白, "오오 홍장미화! 나는 동생을 위하여 꿈을 꾸었소."

홍紅, "무슨 꿈? 언니 나도 언니를 위하여 꿈을 꾸었소."

백, "저어 동생이 혼인하는 꿈."

홍은 더 빨개지며 "언니는" 하고 상냥히 눈을 흘긴다.

백, "동생은 무슨 꿈을 꾸었나?"

묻는데 홍은 초연하여지며 "저어, 아시지요? 남호접藍胡蝶을? 그가" 하고는 감히 말을 하지 못하며 머뭇머뭇하는데 백장미는 더 궁금한 표정을 짓는다. 홍은 웃으며,

홍, "언니 내 이야기는 할 터이니 아무런 일이라도 노하지 않으시죠?"

백, "대체 무슨 꿈일까?"

홍, "꿈이니 노여워 마시오. 네? 언니, 저어, 꿈에 으응, 남호접 아시지요? 언니 왜 생각이 안 나시오. 내가 아는 나비들 중에 그중 화려하게 생긴 이, 왜 내가 더 피거든 온다고 약속하고 가신 이 말이오. 그이가 왔는데 제게는 아니 오고 저어, 언니께로 왔어요. 그리고 저를 돌아다도 안 보았어요. 그럴 동안에 언니도 저를 돌아다도 안 보시고 아주 득의得意스럽게 미소하시지요?" 하고 세상에 있지 않을 일같이, "호호호."

"호호호!" 하고 웃다가 백장미가 "그래 동생이 노여웠나?" 하고 묻는데 홍장미는, "설마!" 하고 더욱 소리쳐 웃는다. 웃음을 그치고는

백, "어디선지 아주 참을 수 없는 슬픈 노래가 들리는구려." 하고 한 층 더 귀를 기울이매 홍장미는 영리하게

"언니, 그 노래 누가 하는지 아시오? 저어 해변에 절하듯이 굽어진 산이 보이지요? 거기 망양초望洋草라는 이가 창백한 얼굴을 하여 가지고 매일 노래한다오. 나는 그의 목소리만 들어도 어쩐지 눈물이 쏟아져요."

백, "아, 동생 우리 오늘 심심하니 그를 찾아가볼까?"

하는데 홍은 곧 동의하였다. 백장미의 정精과 홍장미의 정은 전후하여 나란히 걸어서 망양초에게 날아 들어갔다.

망양초는 아주 쾌활히 웃으며 그들을 맞았다. 잠깐 보기에는 아주 비가悲歌를 부르던 이로는 보이지 않는다.

망望, "오, 향기로우신 백 씨, 정열가이신 홍 씨, 두 분이 잘 오셨소. 당신들은 젊고 아름답기도 하시오." 하고 손을 대하여 흔연히 탄미한다.

백, "망양초 씨, 어쩌면 그런 비창한 노래를 하십니까? 그 이야기를 우리에게 들려주시고 또!"

홍, "노래도 들려주세요." 하고 청한다.

"퍽 황송합니다." 하는 망양초는 아주 적막에 제친* 빛이 보인다. 홍장미는 귓속말로 백장미에게,

홍, "언니, 망양초 씨는 웃어도 웃는 것 같지가 않고 우는 것 같아요."

망양초는 깊은 한숨을 지으며 눈물을 흘린다. 홍장미는 또 백장미에

| *정확한 의미를 알기 어려움.

게 쏘개질**을 한다.

　홍, "언니 저이 눈에서 피눈물이 떨어져요."

　백장미는 새파랗게 질리어 망양초에게 "우십니까?" 하고 묻는데 머리를 숙이고 부끄러워하며

　"어쩐지 눈물이 흐릅니다 그려, 당신들을 대하매 내가 꽃을 피웠던 때를 회억回憶하여지는구려."

　하고 소리 없이 운다. 홍장미는 또한 쏘개질로

　"언니, 나는 저를 이해할 수가 없소."

　백, "네가 좀 더 자라 시를 많이 보면 알아진다."

　하고 위로한다. 백은 다시 망양초에게

　"망양초 형님, 우리들을 위하여 형님의 노래의 이야기나 들려주셨으면 소원이외다. 우리들은 형님이 그 심히 슬퍼하는 것을 보매 차마 발길이 돌아서지 않는구려." 한다.

　망양초는 백장미와 홍장미를 가까이 앉히고 그가 젊었을 때에 담홍색의 꽃을 피웠을 때 한 옛적의 이야기를 시작하려 한다. 아주 감개 깊은 듯이,

　"내가 꽃을 피웠을 때 담홍의 웃는 듯하던 꽃을 탐스럽게 피웠을 때 하루는 남호접이 와서 내 꽃에 머무르고 말하기를 너는 천심天心 난만히 울고 웃고 '자기'를 정직히 표현한다고 일러주며 후일에 또 올 터이니

** 있는 일을 없는 일을 얽어서 몰래 일러바치어 방해하는 것.

이 해변에서 기다리라고 하시지요? 그래서 저는 10년째 하루와 같이 거문고를 타며 매일 기다리지요. 그렇지만 조금도 그가 더디 오신다고 원망도 의심도 아니합니다. 그러나 적적하니까 매일 노래를 합니다." 하고 머리를 숙이며 눈물을 씻는다. 백장미도 홍장미도 연고를 모르면서 눈물을 흘린다.

해로海路로 오실 줄 알았던 임이
산을 넘어 뒤도 안 돌아다보고
장미화 핀 곳을 향하여
춤추며 날아드니······

망양초는 창백하였다가 이연怡然히*** 합장하고 천공을 우러러 기도한다. 홍장미는 전신의 혈조血潮****를 끓이며 백장미에게
"언니 저기 남호접이 산을 넘어 나를 찾아오나이다. 속히 돌아가십시다."

사랑하는 이여
나의 넓은 화원에서
오색으로 화환을 지어

*** 기쁘고 좋다.
**** 치솟거나 쏟아져 나오는 피를 비유적으로 일컬음.

그대의 결혼식에
예물을 드리려 하오니
오히려 부족하시면
당신의 마음대로
색색의 꽃을 꺾어서
뜻대로 쓰소서
그러나 나의 화원은
사상의 화원이오니
그대를 위하여
세련된 것이오니
아끼지 마소서

탄실이는 눈을 번쩍 떴다. 저는 이같이 환상을 그려본 것이다.

5월 아침 바람이 산들산들 분다. 잔파漣波*****를 띄우고 미소하는 청공靑空, 상쾌히 관현악을 아뢰는 대지!

불치의 병에 우는 탄실의 눈물…… 초엽草葉에 맺힌 이슬이 조일朝日의 광채를 받아 진주珍珠같이 빛난다.

(5월 31일 아침)

***** 잔잔한 물결.　　　　　　　　　　　　　　　《창조》제7호, 1920년 7월.

동경

내 머리 위에
한없이
높고 멀게
풋남빛으로
훨씬 개인
저 추천秋天에
임의 마음 보인다

대동강에
드높은
둔덕 위로
내 발걸음
내 마음
내 밟으매
마탄馬灘*의 물소리
길 가는 정조情調 같다

낚싯대 든 소주小舟
갈 바를 모르고

| * 마탄강. 평남 맹산군 북부 지역을 남서로 흐른다.

26

수중水中의 생명을
장한長閑히** 취하거든
인력거 탄 유산객
상보商褓 인 여상인
눈 다른 나를 보거든

내 마음
내 발걸음
바람을 거스르고
강류江流를 거슬러서
죽 벋은 길대로
일보 일보 내놓으매
아버지의 나라에
길 따르는 애랑 같다

나 홀로서
갈 길을 가매
잔잔한 물결
안위安慰의 미소 같고

| ** 오래도록 한가하고 평안하다.

비장한 절벽
상처를 받고
움직일 길 없이
지키는 마음 같다

부벽루 아래
후엽색朽葉色***의 수초
거울 같은
견파絹波**** 위에
모양을 그려서
물나라에 깔으신
미희의 머리끝도 같다.

《개벽》 제24호, 1922년 6월.

*** 썩은 나뭇잎 같은 누런 빛깔.
**** 비단의 물결.

고혹蠱惑

꿈나라의 애인이시여
지금 이 세상 안닌* 감미甘美의 노래에
고요히 잠든 귀를 기울였나이다

얼마나 자유로운 조율이오리까
몸은 정화되어 날개를 달고
꽃 피운 공간을 날으려나이다

부세浮世**를 운들 그대와 나
내 앞의 대로를 걷지 않고
그대 앞의 동굴을 찾지 않았도다

그러나 눌리었던 우리들을
해방하는 노래가 들려지오니
우리는 꿈길을 버립시다

애인이시여 애인이시여
여기 유현경幽玄境***의 길에

* '돌아다니며 앉다'의 옛말.
** 덧없는 세상.
*** 길고 그윽하며 고요한 환경.

29

길이 있으니 이리 오십쇼

애인이시여 애인이시여
사람 모르는 그곳에
길 있으니 날개를 펴십쇼.

《개벽》 제24호, 1922년 6월.

발자취

심산 골짝에
하얀 능라綾羅* 위의
외발자취
어느 곳 귀희貴姬의
어디로 가신 자취이랴
폭삭폭삭 적 것
또박또박 가다가
죽죽 미끄러진 듯
숫눈길** 위의 발자취
판을 누르는 듯 묘해도
판을 누르는 듯 묘해도

동목冬木의 고엽
사사사 쓱 새겨도
하얀 능라 위의
외발자취
어느 곳 귀희의
어디로 가신 자취이랴

* 두꺼운 비단과 얇은 비단.
** 눈이 와서 쌓인 뒤 아무도 지나가지 않은 길.

동목의 고엽
사사사 쏙 새겨도

《개벽》 제24호, 1922년 6월.

재롱

어머니는 말하다
자지 않는 아이야
무엇을 기뻐하느냐

오오 어머니
나의 광명이
온 세상에 비춰요

흐흐 그 애가
잠은 안 자고
재롱만 피우느냐

어머니 옛말하시요
한 옛적에도
나 같은 이가 있었소

이야기가 없다
내 딸에게 매 저녁
말주머니를 털리어서

옛날의 노래여

1

고요한 옛날의 노래여, 그는……
내 어머니 입에서 우러나서
가장 신묘하게 사라지는 음향이어라
어머니의 노래여 사랑의 탄식이여

2

"타방타방 타방네야 너 어디를 울며 가니
내 어머니 몸 진 곳에 젖 먹으러 울며 간다"
이는 내 어머니의 가르치신 장한가長恨歌*이나
물결 이는 말 못 미쳐 이것만 알겠노라

3

황혼을 울리는 신음은 선율만 숨질 듯 애탈 때

* 중국 당나라 때 백거이가 지은 서사시. 당나라 현종이 양귀비를 잃은 슬픔을 노래한 것으로 칠언 120구로 되어 있음.

젖꽃빛으로 열린 들길에는 미풍조차 서러워라
옛날에 날 사랑하시던 내 어머니를
큰사랑을 세상에서 잃은 설움이니,

4

오래인 노래여 내게 옛 말씀을 들리사
어린이의 설움 속에 인도하소서
불로초로 수놓은 녹의**를 입히소서
그러면 나는 만년청萬年青***의 빨간 열매 같으리다

5

말을 잊은 노래여 음향만 남아서……
길 다한 곳에 레테 강이 흐릅디까
오— 그러면 그는 나를 정화해줄 것이요
웃음빛을 모은 신비의 거울이 되리다

** 녹색 옷. 예전에는 천한 사람이 입었다. 연두저고리.
*** 백합과 상록 여러해살이 풀.

6

무언가無言歌여 다만 음향이여 나를 이끌어
그대의 말씀 사라진 곳에 저 젖꽃빛 길에
내 어머니 몸 진 곳에 산을 넘고 물을 건너라
옛날의 노래여 사라지는 음향이여.

《개벽》 제27호, 1922년 9월.

향수

저 서천에 밀리어지는 장막 밖에
옛 설움 뒤몰아 흩어지는 구름 조각들
행여나 잊지 마라 수인囚人의 애소哀訴를
오오 동천에 홍紅과 황黃을 풀어 내리는 장帳 안에
탄생의 비가를 노래하는 새로운 햇발들
공연히 춤추지 마라 히스테릭한 춤을

다만 고요히 보라
내 육안 잠깐 열리어 새 때를 눈 익히나
물미는 모든 때, 살생의 저자를 알기 전뿐
다만 고요히 들어라
이 청자색靑磁色의 언덕 위에 새로운 전설의
스스로 막고 스스로 갇힌 수인의 소리를

아아 새로운 때여 새로운 태양이여
너의 앞길에는 참혹한 자가 있다 아아
그러나 내 어찌 그를 네게 알리랴
이 아픔 이 쓰림 가지고
알릴 길을 어찌 못하고
풋남빛의 웃음으로 설움을 덮을 때

막히는 가슴을 비추는 검은 장성막長城幕엔
불꽃같은 꽃잎 같은 송이송이
차고 더운 회오리바람에 눈 내리다
어머니인들 시신詩神인들 이 수난을
무엇으로 바꾸어 그저 두시랴
내 고향에는 정랑靜朗*함만 있는 것을

넘치는 괴로움에 쓴 눈을 감아
쓰리고 아픈 설움의
감아온 실마리를 되풀다
어떤 잎 ㅁ어지는 시절이었다
어머님의 밀사 파랑새는 왔었다
쓴 현실을 뚫어 진실된 기적이

아아 그러나 비 오던 길 위에
또 운명의 두 눈이 우리 저咀를 주呪하였다
아아 상처 많은 '나사렛' ** 사람의 것이다
또한 '세바스챤' ***의 것이다

* 고요하고 밝음.
** 북부 이스라엘에 있는 고대 도시. 신약성서에서는 예수의 어릴 적 고향으로 적고 있다.
*** 세바스티아누스Sebastianus. 3세기경 로마의 그리스도교 순교자. 디오클레티아누스 황제에게 그리스
도의 복음을 전도하다가 죽음을 당했다.

같은 아픔을 잊지 않았을 것이다
이 슬픈 향수만은 별로 달라서

큰 저자를 앞에 막아
긴 암막暗幕을 친 독거獨居의 세계
육체는 그 죄의 벌을 받아
풀 수 없는 결박을 지고
지금은 뉘우쳐 애달픈 목소리로
고향의 아름다운 말을 읊어도

분방한 육체 땜에 길을 잃어
황당한 운명 땜에 귀객을 놓쳐
여기 쫓기었던 영혼은
그 황랑荒浪한 집에 다시 돌아와
'뮤즈'****를 불러 '아모르Amor'*****를 그려도
어지러운 물결 땜에 반가운 때는 늦어라

내 고향은 감람색의 광명으로 이루어서
거기 사람들은 성근誠勤*****으로 보드라운 옷 입고

**** 무사Mousa의 영어 이름. 그리스 신화에 나오는 학예 일반의 신. 현재는 시나 음악의 신으로 일컬어짐.
***** 로마 신화에 나오는 사랑의 신. 그리스 신화의 에로스에 해당함.

다만 기도로 호흡하여 살더라
거기 내 고향의 어머님께서는
금金거문고를 울려 모든 기도를 빛내고
먼 곳 아이에게는 꿈나무를 흔들더라

아아 어머님의 영광 땜에 고향을 나온 이는
눈물과 웃음을 뒤섞어 향수를 부르고
아이를 세상에 빌린 어머님은
꿈나무만을 흔들더라, 단 설움의
아아 원컨대 새로운 때 얻어지는 동안이어
어머님 위해 또 그 아이 위해 고요하다

고요함만 가졌을진대
'아모르'도 다시 내 가슴에 군림하시고
꿈 열매도 내 손에 둥글게 떨어진다
아아 때여 때여 다만 고요하다
나는 이 옥獄을 천국화天國化할 수도 있다
나는 지금은 비장한 일을 안다

****** 성실하고 부지런하다.

언제든지 참 새로운 때가 오면
곧추 묶이었던 꽃가지들도 환環을 지어
어머님은 길 떠났던 아이를 맞으시리
언제 또 새로운 때만 오면
이 스스로 묶었던 결박도 끌러
온 세상이 비추도록 고향을 빛내리.

(1월 1일경)

《동명》, 1923년 1월.

기도, 꿈, 탄식

1

거울 앞에 밤마다 밤마다
좌우편에 촛불 밝혀서
한없는 무료를 잊고 지고
달빛같이 파란 분 바르고서는
어머니의 귀한 품을 꿈꾸려
귀한 처녀 귀한 처녀 설운 신세 되어
밤마다 밤마다 거울 앞에

2

애련당 못가에 꿈마다 꿈마다……
어머니의 품안에 안기어서
갚지 못한 사랑에 눈물 흘리고
손톱마다 봉선화 들이고서는
어리던 임의 앞을 꿈꾸려
착한 처녀 착한 처녀 호올로 되어
꿈마다 꿈마다 애련당 못가에

3

둥그런 연잎에 얼굴을 묻고
꿈 이루지 못하는 밤은 깊어서
빈 뜰에 혼자서 설운 탄식
연잎에 달빛같이 희뜩여* 들어
지나가는 바람인가 한숨지어라
외로운 처녀 외로운 처녀 파랗게 되어
연잎에 연잎에 얼굴을 묻어……

(1923년 8월, 평양에서)

《신여성》 제1권 제2호, 1923년 10월.

*다른 빛깔 속에 흰 빛깔이 섞이어 얼비치다.

환상

인공의 드높은 성으로 둘러싸인 못물에
은행색銀杏色의 태족苔族은 자라서 늘어서
은은히 힘 길러서는……
동록銅綠*의 시대에 도전하다

사람들은 다 못가에 아득거려
피를 잃고 넘어질 때

풍랑은 모든 영혼을 살아 쳐가고**
부패는 모든 육체를 점령하다

하늘 위에는 오히려 미친 바람
땅 위에는 아직 부패 그치지 않았을 때
한 돌로 빚은 사람이 나타나서
자줏빛의 환상으로 온 세상을 싸 덮다

여기 새로운 세상에 봄이 오다
여인은 낳지 않고 남인男人은 기르지 않고
원근遠近 선악善惡 미추美醜를 폐지한 때가

---

* 구리의 표면에 녹이 슬어 생기는 물질. 푸른 빛으로 독이 있다.
** 불결한 것을 쳐서 가져간다.

44

우리들의 마음속으로부터 오다
여기 새로운 봄의 기꺼운 때가 오다
동굴洞堀의 암류暗流***가 태양을 향해 노래하고
시냇물이 종다리 노래를 어우를 때가
우리들의 마음속으로부터 오다

(1921년 8월, 동경에서)

《신여성》제1권 제2호, 1923년 10월.

*** 물 바닥의 흐름.

단장斷腸*

1

그의 얼굴은
작은 웃음을 모은
빛의 저수지
대리석에 쪼이면
생명이 불어난다

2

숨은 그 뜻이
하늘 밑에 잠겨서
별을 사귀면
그것은 영생이다
그것은 복락**이다

* 창자가 끊어지는 듯 몹시 슬픔.
** 행복과 안락을 아울러 이르는 말.

3

모랫길 가는
잔잔한 샘물아
내 널 부름이
내 맘의 정淨함이요
내 힘의 장함이로다

4

이 고개 넘어
바닷가에 나서면
또 만나리라
물결을 부숴내는
미쁨의 인격처럼

5

가던 사공아

여기는 복판이나
고만 저어라
바다의 불꽃 지켜
하늘의 별 하나다

《조선일보》, 1925년 1월 5일.

언니 오시는 길에

언니 오실 때가
두벌 꽃 필 때라기에
빨간 단풍잎을 따서
지나실 길가마다 뿌렸더니
서리 찬 가을바람이
이리저리 굴립디다

떠났던 마음 돌아오실 때가
물 위의 얼음 녹을 때라기에
끓는 피를 다 뽑아서
쌓인 눈을 녹였더니
마침 간 겨울바람이
또 눈보라를 칩디다

언니여 웃으십쇼
꽃 같은 마음이
이리저리 구르는 대로
피 같은 정열이
이리저리 깔린 대로
이 노래가 언니 반기는 것을

《조선일보》, 1925년 2월 16일.

언니의 생각

언니의 그때 모양은
날쌘 장검 같아서
"네 몸의 썩은 것은
있는 대로 다 찍어라!"
맑게 엄하게 말하셨어요

언니의 그때 모양은
온화한 어머니 같아서
"가시나무에서
능금을 따려 하지 마라!"
슬프게 곱게 기도하셨어요

그러나 지금은……?
장성長成하는 생명의 화려함이
피는 꽃의 맑은 향기가
얼마나 우리들을 놀래고
얼마나 우리들을 뒤덮을까?

(2월 8일 아침)

《조선일보》, 1925년 2월 16일.

오오 봄!

모든 불쌍한 우리의 기도가
그이를 우리들의 안으로 모셔오다
오오 봄! 모든 산 생명을 꽃 피울 봄
우리들이 새로이 닦는 길을 바라고
저 산기슭 등성이에 파릇파릇
저 바위 패인 곳에 도올도올

봄은 왔느냐? 왔느냐? 하고
모든 생명은 그 싹을 내보인다

모든 행복된 희망이
괴로움 없이는 이루어지지 않는다
오오 고통! 이야말로 우리를 아는 사랑
우리들이 닦아 가는 길 가운데
괭이 끝마다 맞부딪치는 돌덩이
막히고 또 막힌 벼랑과 벼랑
고통은 더 있느냐? 더 있느냐? 고
모든 길 가는 이들은 그 열성을 다한다

모든 행복된 생활의 시초가
우리의 역사 우리의 연대를 모셔오다

오오 봄! 모든 생명을 살려낸 봄
우리들이 부르짖는 인도人道를 기다려
사람들의 얼굴마다 버럭버럭
사람들의 마음마다 반듯반듯

죄악은 더 있느냐? 더 있느냐? 고
모든 착한 이들이 참되게 웃으리라

《조선일보》, 1925년 3월 23일.

우리의 이상

오오 우리의 이상
이는 우리의 임이노라
그이는 그 발등의 불을 끄지 않고
남의 발등의 불을 끄려 하지 않는다

오오 우리의 평안한 사랑?
그는 괴로움 가운데선 사라지리라
누구라서 나무에서 생선을 구하랴
우리는 이 답답한 괴로움을 더 못 참겠다

그러면 우리의 임아
그러면 우리의 이상아
아직 우리는 전선戰線에 있다
아직 우리는 사경死境에 있다

《조선일보》, 1925년 3월 23일.

싸움

늙은 병사가 있어서
오래 싸워서 가슴에 상처를 받고
싸움이 싫어서……
군기軍器를 호미와 괭이로 간지라
몸이 아파서
밭고랑을 이루지 못하고
날마다 날마다 낮잠을 자더니
하루는 총을 쏘는 듯이 가위를 눌렸다

아 이상해라 군기를 버리고
마음 놓고 자던 몸이 매를 맞았을까
늙은 병사는 온몸에 멍이 들어 죽었다
그러면? 꿈 가운데도 싸움이 있던가?

사람들이 머리를 비틀어 생각했다 또 눈을 부릅뜨고 팔을 내뽑았다
자나 깨나 싸움이 있을진대
사나 죽으나 똑같을 것이라고

《조선일보》, 1924년 5월 19일.

그쳐요

아아 그쳐요
그 익지 않은 바이올린의 탄식
처마 끝에 눈 녹은 물이 똑똑 들어
아버지의 옷깃을 적실 만하니
그쳐요 톱 켜는 소리 같은 것을.

아아 그쳐요
그 흐릿한 수선스런 노래를
삼월 아침에 볕이 따뜻해서
어머니의 가슴속에 눈이 녹으니
그쳐요 목 근지러운 거위 소리를

오오 그쳐요 오빠야
그 보드랍지 않은 피아노 소리
바람이 불어서
봉오리마다 서로 어우르니
고운 멜로디가 세상 차서
사랑하는 이의 눈살을 펴 운다
아— 그쳐요 사람 좋은 오빠야.

(이웃 분주한 밤에 서울서)

《조선일보》, 1924년 5월 23일.

유리관 속에서

뵈는 듯 마는 듯한 설움 속에
잡힌 목숨이 아직 남아서
오늘도 괴로움을 참았다
작은 작은 것의 생명과 같이
잡힌 몸이거든
이 서러움 이 아픔은 무엇이냐.
금단의 여인과 사랑하시던
옛날의 왕자와 같이
유리관 속에 춤추면 살 줄 믿고……
이 아련한 서러움 속에서
일하고 공부하고 사랑하면
재미나게 살 수 있다기에
미덥지 않은 세상에 살아왔었다.
지금 이 뵈는 듯 마는 듯한 관 속에
생장生葬*되는 이 답답함을 어찌하랴
미련한 나! 미련한 나!

(서울서)

《조선일보》, 1924년 5월 24일.

* 살아 있는 생물을 산 채로 땅 속에 묻음. 생매生埋.

남방南邦

북방北邦의 처녀가 남방을 생각하면
울렁 줄렁 달린 밀감蜜柑밭을
허울 벗은 몸으로 지나더라도
명주옷을 입고 임을 만나러 가듯이
가슴이 두근두근거려서,
첫 일월에 우레 소리가
　　황금의 열매를 딴다지요.

북방의 처녀가 남방을 생각하면
빨간 동백의 비인 동산을
철모르는 몸으로 지나더라도
임이 오시다 마신 듯이
심란한 한숨이 쉬어져서
초사월의 비가 푸르른 잎을 궁글고
　　빨간 꽃을 떨어트린다지요

북방의 처녀가 남방을 생각하면
초가집 처마 아래 우산 걷어
우두커니 서서 눈물짓더라도
조약돌 틈에 속삭이는 샘물같이
유랑하는 노래가 저절로 들려서

초저녁에 불 비친 미닫이가 열리고
책상 앞의 석상이 움직인다지요

(서울서)

《조선일보》, 1924년 5월 25일.

내 가슴에

검고 붉은 작은 그림자들,
번개 치고 양 떼 몰던 내 마음에 눈 와서,
조각조각 찢어진 붉은 꽃잎들같이도,
회오리바람에 올랐다 떨어지듯,
내 어두운 무대 위에 한숨짓다.
나는 무수한 검붉은 아이들에게 묻노라.
오오 허공을 잡으려던 설움들아,
분노에 매 맞아 부서진 거울 조각들아,
피 맞아 피에 젖은 아이들아,
너희들은 아직 따뜻한 피를 구하는가.
아 아 너희들은 내 마음의 아픈 아이들,
그렇듯이 내 마음은 피 맞아 깨졌노라.
내 아이들아 너희는 얼음에서 살 몸,
눈 내려 녹지 말고 북으로 북행하여,
얼어서 붙어서 맺히고 또 맺혀라.

(동경서)

《조선일보》, 1924년 5월 27일.

저주

길바닥에, 구르는 사랑아
주린 이의 입에서 굴러 나와
사람 사람의 귀를 흔들었다
'사랑'이란 거짓말아

처녀의 가슴의 피를 뽑는 아귀餓鬼야
눈먼 이의 손길에서 부서져
착한 여인들의 한을 지었다
'사랑'이란 거짓말아

내가 미덥지 않은 미덥지 않은 너를
어떤 날은 만나지라고 기도하고
어떤 날은 만나지지 말라고 염불한다
속이고 또 속이는 단순한 거짓말아

주린 이의 입에서 굴러서
눈먼 이의 손길에 부서지는 것아
내 마음에서 사라져라
아! 목숨이 끊어지더라도

《조선일보》, 1924년 5월 28일.

유언

세상이여 내가 당신을 떠날 때
개천가에 누웠거나 들에 누웠거나
죽은 시체에게라도 더 학대하시오
그래도 부족하거든
이다음에 나 같은 사람이 있더라도
할 수만 있는 대로 또 학대하시오.
그러면 나는 세상에 다신 안 오리다
그래서 우리는 아주 작별합시다.

《조선일보》, 1924년 5월 29일.

분신

눈을 감으면
밤도 아니고 낮도 아니고
남빛 안개 속에 조약돌 길 위를
한 처녀 거지가 무엇을 찾는 듯이
앞을 바라보고 뒤를 돌아다보고
새파랗게 질려서 보인다

내 머리 돌리면
분명히 생각나는 일이 있다
삼 년 전 가을의 흐린 아침이었다
나는 학교에 가는 길 나들이에서
나를 향해 오는 그림자를 보았다
그리고 "어디를 가시오?" 하는
그 올 맺은,* 음성도 들었다.

그러나 나는 멈추는 저의 발걸음을
멈출 틈도 없이 쏜살과 같이
저의 앞을 말없이 걸어갔다.
그리고 내 마음속에

---

* 원문에는 '올매즌'으로 되어 있는데, 정확한 의미를 알기 어려움.

겨우 삼 년 기른 파랑새를
그 길 너머로 울면서 놓아버렸었다

하나 이 명상의 때에
무슨 일로 옛 설움이 또 오는가,
사람에게 상냥한 내가 아니었고
새를 머물러 둘 내 가슴이 아니었다
매 맞아 병든 병든 가슴속에
옛 설움아 다시야 돌아오랴.

《조선일보》, 1924년 5월 30일.

사랑하는 이의 이름*

초당집 보비는 종의 딸
삼 년 전 그 봄부터
인질人質이 될 약한 몸으로서
사람을 그리게 되었다.
가만히 자라는 마음의 풀을
베어버릴 힘 없어서
소월이 소월이 흔한 이름을
피로 쓰고 피로 지워서
후원 나무 그늘에 심었다.

사람의 손이 가 닿지 않는 밭에
깨끗한 마음 속 깊이 자라는 풀이다
피로써 싸우나 베기도 어려워

물망초勿忘草야 물망초야
저 냇가에 노르스름히 피어
뚜렷한 달만 보는
그 월견초月見草가 아닐진대
그늘에서 꽃이 피었느냐

* 작자의 이름이 없으나 『생명의 과실』에 수록된 작품과 제목이 같고 내용도 유사한 것으로 보아 김명순
의 작품이 확실하다고 보임.

천한 천한 계집아이는
오늘은 꽃 심어 팔고
내일은 불 때 밥 짓는 몸
사랑의 증거가 무엇이랴

천한 계집아이는 더운 날에
무성한 그늘 꽃을 우데잡고 우니
소월이 소월이 빨간 봉선화라

《조선일보》, 1924년 7월 12일.

외로움*

아니라고 머리는 흔들어도
저녁이 되면은……
눈물이 나도록 그리울 때
뜻하지 않았던 슬픔을 안다.

《조선일보》, 1924년 7월 13일.

* 작자의 이름이 없으나 『생명의 과실』에 수록된 「외로움의 부름」과 첫 행이 같고, 또 소설 작품 「탄실이
와 주영이」에 수록되어 있는 것으로 보아 김명순의 작품이 확실하다고 보임.

신시 新詩[*]

외그림자 쫓아 놀라운
외로운 여인의 방에는,
전등조차 외로워함 같아
내 뒤를 다시 돌아다본다.
외로운 전등 외로운 나,
그도 말없고 나도 말없어,
사랑하는 이들의 침묵 같으나
몹쓸 의심을 함만도 못하다.

《조선일보》, 1924년 7월 13일.

* 작자의 이름이 없으나 소설 작품 「탄실이와 주영이」에 앞의 작품 「외로움」과 함께 수록되어 있는 것으로 보아 김명순의 작품이 확실하다고 보임.

제2부 『생명의 과실』의 시들

길

길, 길 주욱 벋은 길
음향과 색채의 양안兩岸*을 건너
주욱 벋은 길.

길 길 감도는 길
산 넘어 들 지나
굽이굽이 감도는 길.

길 길 작은 길
벽과 벽 사이에
담과 담 사이에

작은 길 작은 길.

길 길 유현경幽玄境의 길
서로 아는 영혼이 해방되어 만나는
유현경의 길 머리 위의 길.

길 길 주욱 벋은 길

* 강이나 하천 따위의 양쪽 기슭.

음향과 색채의 양안을 전하여
주욱 벋은 길 주욱 벋은 길.

(서울에서)

내 가슴에

검고 붉은 작은 그림자들,
번개 치고 양 떼 몰던 내 마음에 눈 와서
조각조각 찢어진 붉은 꽃잎들같이도
회오리바람에 올랐다 떨어지듯
내 어두운 무대 위에 한숨짓다.

나는 무수한 검붉은 아이들에게 묻노라
오오 허공을 잡으려던 설움들아
분노에 매 맞아 부서진 거울 조각들아
피 맞아 피에 젖은 아이들아
너희들은 아직 따뜻한 피를 구하는가.

아 아 너희들은 내 맘의 아픈 아이들
그렇듯이 내 마음은 피 맞아 깨졌노라
내 아이들아 너희는 얼음에서 살 몸
부질없이 눈 내려 녹지 말고
북으로 북행하여 파란 하늘같이 수정같이
얼어서 붙어서 맺히고 또 맺혀라!

(동경에서)

73

싸움

늙은 병사가 있어서
오래 싸웠는지라
온몸에 상처를 받고는 싸움이 싫어서
군기軍器를 호미와 괭이로 갈았었다.

그러나 밭고랑은 거세고
지주는 사나우니
씨를 뿌리고 김을 매어도
추수는 없었다.

이에 늙은 병사는
답답한 회포에 졸려서
날마다 날마다 낮잠을 자더니
하루는 총을 쏘는 듯이 가위를 눌렸다.

아— 이상해라 이 병사는
군기를 버리고 자다가
꿈 가운데서 싸웠던가
온몸에 멍이 들어 죽었다.

사람들이 머리를 비틀었다

자나 깨나 싸움이 있을진대
사나 죽으나 똑같을 것이라고
사람마다 두 팔에 힘을 내뽑았다.

(서울에서)

저주

길바닥에, 구르는 사랑아
주린 이의 입에서 굴러 나와
사람 사람의 귀를 흔들었다
'사랑'이란 거짓말아.

처녀의 가슴에서 피를 뽑는 아귀야
눈먼 이의 손길에서 부서져
착한 여인들의 한을 지었다
'사랑'이란 거짓말아.

내가 미덥지 않은 미덥지 않은 너를
어떤 날은 만나지라고 기도하고
어떤 날은 만나지지 말라고 염불한다
속이고 또 속이는 단순한 거짓말아.

주린 이의 입에서 굴러서
눈먼 이의 손길에 부서지는 것아
내 마음에서 사라져라
오오 '사랑'이란 거짓말아!

분신

눈을 감으면
밤도 아니고 낮도 아니고
남빛 안개 속의 조약돌 길 위를
한 처녀 거지가 무엇을 찾는 듯이
앞을 바라보고 뒤를 돌아보고
새파랗게 질려서 보인다.

내 머리를 돌리면
분명히 생각나는 일이 있다
삼 년 전 가을의 흐린 아침이었다
나는 학교에 가는 길가에서
나를 향해 오는 그림자를 보았다
그리고 "어디를 가시오" 하는
그 분명한 음성도 들었다.

그러나 나는 멈추는 그의 발걸음을
멈출 틈도 없이 쏜살과 같이
저의 앞을 말없이 걸어갔다
그리고 내 마음속에
겨우 삼 년 기른 환상의 파랑새를
그 길 너머로 울면서 놓았다.

하나 이 명상의 때에
무슨 일로 옛 설움아 또 오는가
사람에게 상냥한 내가 아니었고
새를 머물러 둘 내 가슴이 아니었다
가시 덩굴 같은 이 가슴속에서
옛 설움아 다시 내 몸을 상하게 말라

사랑하는 이의 이름

칠성아 칠성아
네 이름이 흔하건만
초당집 보비는 삼 년 전부터
가만히 자라는 마음의 풀을
베어버릴 힘없어서 '칠성'이라고
피로 쓰고 피로 지워 피로 샀다.
사람의 손이 가 닿지 않는 밭에
깨끗한 마음속 깊이 자라는 풀이라.

칠성아 칠성아
저 냇가에는 노란 꽃이 피면은
뚜렷한 달이 올라와서
가만히 피어 있는 사랑의 꽃을
시들게 하지 않으려고 '그리움'을
빛으로 비추고 빛으로 받는다.
그러나 보비는 그늘에 우니
칠성아 칠성아 네 이름이 봉선화라.

남방

북방의 처녀가 남방을 생각하면
울렁 줄렁 달린 밀감 밭을
허울 벗은 몸으로 지나더라도
명주옷을 입고 임을 만나러 가는 듯이
가슴이 두근두근거려서
첫 일월에 우렛소리가 휘어진 가지를 흔들고
  황금의 열매를 딴다지요.

북방의 처녀가 남방을 생각하면
빨간 동백의 비인 동산을
철을 모르는 몸으로 지나더라도
임이 오시다 마신 듯이
심란한 한숨이 쉬어져서
초사월의 비가 푸르른 잎을 궁글고
  빨간 꽃을 떨어뜨린다지요.

북방의 처녀가 남방을 생각하면
초가집 처마 아래 우산 걷어들고
우두커니 서서 눈물짓더라도
조약돌 틈에 속삭이는 샘물같이
유랑嚠喨*하는 노래가 저절로 들려서

초저녁에 불 비친 미닫이가 열리고
책상 앞의 석상이 움직인다지요.

옛날의 노래

고요한 옛날의 노래여
꿈 가운데 걸어오는 발자취같이
들렸다 사라지는……
어머니의 노래여, 사랑의 탄식이여.

"타방 타방네야 너 어디를 울며 가니
내 어머니 몸 진 곳에 젖 먹으러 울면 간다"
이는 내 어머니의 가르치신 노래이나
물결 이는 말 못 미쳐 이것만 아노라.

옛날의 날 사랑하시던 내 어머니를
큰사랑을 세상에서 잃은 설움이
멜로디—만 황혼을 숨질 때
장밋빛으로 열린 들길에는 바람도 애타라.

오래인 노래여 내게 옛 말씀을 들리사
어린이의 설움 속에 이끌어 들이소서
불로초로 수놓은 초록 옷을 입히소서
그러면 나는 만년청萬年靑의 빨간 열매 같으리다.

말을 잊은 노래여 음조만 남아서

길 다한 곳에 레테 강이 흐릅디까
모든 것을 씻어버리는 정화수가 흐릅디까
오오 그 물이 내 거울이 되리다.

무언가無言歌여 다만 음향音響이여 나를 이끌어
그대의 말씀 사라진 곳에
내 어머니 몸 진 곳에 산을 넘고 물을 건너라
옛날의 노래여, 사라지는 울림이여.

외로움의 부름

아니라고 머리는 흔들어도
저녁이 되면은
먼 고향을 생각하고
뜨거운 눈물방울을 짓는다.

오— 먼 곳서 표류하는
내 하나님 그 속에 계신
아픈 가슴아 가슴아.

그렇다고 눈은 깨였어도
물결이 험하면은 바람이 사나우면은
역시 내 몸에 없는 가시를 보고
둥그런 과실을 숨겨버린다.

오— 옛날의 날 빌어주던
하나님 앞에 나를 고告하신
미쁜 고향아 고향아.

물결에 살아 추워도 바람에 밀리어도
가슴속을 보면은 피 아픔을 보면은
하나님을 생각하고, 고향을 못 잊고,

무릎을 굽혀 우리의 기도를 또 한다.

오— 벗아 아는가 모르는가
이 몸은 그대를 그리워 마르고
이 마음은 그대로 인해 높았음을.

위로 慰勞

우는 이여
나의 벗이여
벗의 눈물을 씻겨
우리들의 환상을 그린
봄 하늘의 아름다움을 보라.

벗이여
우리는 먼저
침묵을 약속하였었다―
모든 거인巨人들이 지킨 것을
우리는 이끼 그윽한 옛길 위에서.

그러나 벗이여
우리는 너무 말했다
가벼운 내 입이
또 무거우나 참기 어려운
벗의 입이…….

벗이여
벗은 벗의 마음을
바람의 팔랑개비인 줄 믿느뇨?

물 위에 떴다 사라지는
물거품인 줄 아느뇨?

하나 벗이여
우리는 보지 않는가
봄 하늘 위에 솟은
우리들의 낙원을?
우리의 시선에 모이는 초점을.

(1923년 4월 10일)

밀어

비 개인 6월 바람이
가벼운 커튼을 달래어서는
살그머니 병실에 들어옴이라.

창백한 얼굴을 돌리고
긴 몸 풀 없이 돌아누워?
그 귀밑의 무엇을 들었누?

재롱

어머니는 말하다
자지 않는 아이야
무엇을 기뻐하느냐.

오오 어머니
내 빛이
온 세상을 비추어요.

흐흐 그 애가
잠은 안 자고
재롱만 피느냐.

어머니 옛말하셔요
한 옛적에도
나 같은 이가 있었소.

아아 이야기가 없다
내 딸에게 저녁마다
말주머니를 털리어서.

귀여운 내 수리

귀여운 내 수리
사람들의 머리를 지나
산을 기고 바다를 헤어
골 속에 숨은 내 맘에 오라.

맑아 가는 내 눈물과
식어 가는 네 한숨,
또 구르는 나뭇잎과
설운 춤추는 가을 나비,
그대가 세상에 없었던들
자연의 노래 무엇이 새로우랴.

귀여운 내 수리 내 수리
힘써서 아프다는 말을 말고
곱게 참아 겟세마네를 넘으면
극락의 문은 자유로 열리리라.

귀여운 내 수리 내 수리
흘린 땀과 피를 다 씻고
하늘 웃고 땅 녹는 곳에
골엔 노래 흘리고 들엔 꽃 피자

그대가 세상에 없었던들
무엇으로 승리를 바라랴.

그때까지 조선의 민중
너희는 피땀을 흘리면서
같이 살길을 준비하고
너희의 귀한 벗들을 맞아라.

탄식

둥그런 연잎에 얼굴을 묻고
꿈 이루지 못하는 밤은 깊어서
비인 뜰에 혼자서 설운 탄식은
연잎의 달빛같이 희뜩여 들어
지나가던 바람인가 한숨지어라.

외로운 처녀 외로운 처녀 파랗게 되어
연잎에 연잎에 얼굴을 묻어.

기도

거울 앞에 밤마다 밤마다
좌우편에 촛불 밝혀서
한없는 무료를 잊고 지고
달빛같이 파란 분 바르고서는
어머니의 귀한 품을 꿈꾸려.

귀한 처녀 귀한 처녀 설운 신세 되어
밤마다 밤마다 거울의 앞에.

꿈

애련당 못가에 꿈마다 꿈마다
어머니의 품안에 안기어서
갚지 못한 사랑에 눈물 흘리고
손톱마다 봉선화 들이고서는
어리던 임의 앞을 꿈꾸려.

착한 처녀 착한 처녀 호올로 되어서
꿈마다 꿈마다 애련당 못가에.

유언

조선아 내가 너를 영결永訣*할 때
개천가에 고꾸라졌던지 들에 피 뽑았던지
죽은 시체에게라도 더 학대해다오.
그래도 부족하거든
이다음에 나 같은 사람이 나더라도
할 수만 있는 대로 또 학대해보아라
그러면 서로 미워하는 우리는 영영 작별된다
이 사나운 곳아 사나운 곳아.

* 산 사람과 죽은 사람이 영원히 이별함.

유리관 속에

뵈는 듯 마는 듯한 설움 속에
잡힌 목숨이 아직 남아서
오늘도 괴로움을 참았다
작은 작은 것의 생명과 같이
잡힌 몸이거든
이 설움 이 아픔은 무엇이냐
금단禁斷의 여인과 사랑하시던
옛날의 왕자와 같이
유리관 속에서 춤추면 살 줄 믿고
일하고 공부하고 사랑하면
재미나게 살 수 있다기에
미덥지 않은 세상에 살아왔었다,
지금 이 뵈는 듯 마는 듯한 설움 속에
생장生葬되는 이 답답함을 어찌하랴
미련한 나! 미련한 나!

그쳐요

아아 그쳐요
그 익지 않은 비올롱*의 탄식
처마 끝의 눈 녹은 물이 똑똑 들어
아버지의 옷깃을 적실 만하니
그쳐요 톱 켜는 소리 같은 것을.

아아 그쳐요
그 흐릿한 수선스런 노래를
삼월 아침의 볕이 따뜻해서
어머니의 가슴속의 눈이 녹으니
그쳐요 목 근지러운 거위 소리를.

오오 그쳐요 오빠야
그 무심코 익은 피아노 소리
좀 더 슬퍼다오
좀 더 유쾌해다오
사람 좋은 오빠야.

(이웃 분주한 밤에, 서울에서)

* 바이올린violin의 불어 violon 표기.

바람과 노래

떠오르는 종다리 지종지종하매
바람은 옆으로부터 애끓이더라

서창西窓에 기대선 처녀
임에게 드리는 노래 바람결에 부치니
바람은 쏜살같이 남으로 가더라.

소소甦笑*

일찍 핀 앉은뱅이
봄을 맞으려고
피었으나 꼭 한 송이
그야 너무 작으나
두더지의 맘 땅속에 숨어
흙 패여 길 갈 때.

내 작은 꼭 한 생각
너무 춥던 설움에는
구름 감추는 애달픔
그야 너무 괴로우나
감람색甘藍色**의 하늘 위에 숨겨서
다시 한 송이 피울 때.

(평양에서)

---

* '웃음이 되살아나다' 는 의미로 보임.
** 감람나무 잎 빛깔과 같은 누런빛을 띠는 녹색. 감람녹색.

무제

노란 실 푸른 실로 비단을 짠 듯
평화로운 저녁 들에
종다리 종일終日의 노래를
저문 공중에서 부르짖으니
가는 비 오는 저녁이라.

내 어머니의 감격한 눈물인 듯
갤 듯 말 듯한 저녁 하늘에
비참한 나 큰 괴로움을
소리 없이 우러러 고하니
가는 비 오는 저녁이라.

봄 동무의 치맛자락 감추이듯
어슬어슬한* 암暗의 막幕 내려
천하의 모든 빛 모든 소리
휘덮어 싸놓으니
가는 비 오는 저녁이라.

(서울에서)

＊날이 어두워지거나 밝아질 무렵에 주위가 조금 어두운 모양.

탄실의 초몽初夢

힘 많은 어머니의 품에
머리 많은 처녀는 웃었다
그 인자仁慈한 뺨과 눈에
작은 입 대면서
그 목을 꼭 끌어안아서
숨막히시는 소리를 들으면서.

차디찬 어머니의 품에
머리 많은 처녀는 울었다
그 냉락冷落한* 어머니를 보고
어머니 어머니
우왜 돌아가셨소 하고 부르짖으며
누가 미워서 그리했소 하고 울면서.

춘풍에 졸던 탄실彈實이
설한풍雪寒風에 흑흑 느끼다
사랑에 게으르던 탄실이
학대에 동분서주하다
여막**에 줄 돈 없으니

* 외롭고 쓸쓸하다. 서로의 사이가 멀어져 정답지 않고 쌀쌀하다.
** 주막과 비슷한 작은 집. 나그네를 치기도 하고 술이나 음식을 팔기도 한다.

돌베개 베고 꿈에 꿈을 꾸다.

꿈에 전前같이 비단이불 덮고
풀깃 잠들어 꿈을 꾸니
우레는 울어 오고
빗방울이 뚝뚝 듣는다
탄실은 화닥딱 몸을 일으키어
벽력소리에 몰리어
힘껏 달아났다
달아날수록 비와 눈은
그 헐벗은 몸에 쏟아지고
요란한 소리는 미친 듯 달려들다
그는 나무 그늘에 몸을 숨겼다.

온 하늘이 그에게 호령하다
"전진하라 전진하라"
그는 어린양같이
두려움에 몰리어서
헐벗은 몸 떨면서도
한없이 달아났다
그동안에 날은 개었더라

청靑댑싸리 둘러 심은 푸른 길에
누군지 그의 손을 이끌다
그러나 그는 호올로였다.

(서울에서)

들리는 소리들

제1의 소리는 나를 부르다
죄를 지은 인종人種의 말세末世여
더러운 피와 피가 뭉키어
시기猜忌 많은 네 형상을 지었다.

제2의 소리는 나를 꾸짖다
실로 꿰맨 옷을 입은 자여
네 스스로 땀 흘려 땅을 파서
먹을 것을 구求할 것이거늘.

제3의 소리는 나를 비웃는다
자신을 스스로 결박한 자여
네 몸의 위에 자유를 못 얻었거든
자유의 뜻을 알았더뇨.

제4의 소리는 나를 연민하다
전숲 인류가 생전사후를 모르고
눈도 매이어서 이끌린 대로
너 또한 눈도 매인 것을 못 풀리라.

제5의 소리는 탄식하다

선악의 합체合體인 인류들아
선을 행하니 신이 되며
악을 행하니 악마가 되느냐.

제6의 소리는 크게 대답하다
우리는 죄의 죄를 받고
벌의 벌을 받고 우는
종의 종인 사람들이다.

제7의 소리는 다시 부르다
네 몸을 임의로 못하는 병자여
오관五官이 마비되었으니
판단력조차 잃었도다.

제8의 소리는 다시 대답하다
나의 주主여 조물주여
당신은 무엇 땜에
우리들을 그같이 지었습니까?

(서울에서)

제3부 『생명의 과실』
이후의 시들

창궁 蒼穹

파란 가을 하늘
우리들의 마음이 엄숙할 때
감미로운 기도로 채워서
말없이 소리 없이 웃으셨다

파란 가을 물결
그들의 마음이 노래할 때
애처로운 사랑으로 넘쳐서
고요히 한결같이 보셨었다

오오 가을 하늘 우리의 집아
많은 어제와 많은 오늘을
가장 아름답게 듣고 본 대로
영원히 영원히 지켜라

《조선문단》 제8호, 1925년 5월.

언니 오시는 길에

언니 오실 때가
두벌 꽃 필 때라기에
빨간 단풍잎을 따서
지나실 길가마다 뿌렸더니
서리 찬 가을바람이 넋 잃고
이리저리 구릅디다

떠났던 마음 돌아오실 때가
물 위의 얼음 녹을 때라기에
애타는 피를 뽑아서
쌓인 눈을 녹였더니
마저 간 겨울바람이 취해서
또 눈보라를 칩디다

언니여 웃지 않으십니까
꽃 같은 마음이 꽃 같은 마음이
이리저리 구르는 대로
피 같은 열성이 오오 피 같은 열성이
이리저리 깔린 대로
이 노래의 반가움이 무거운 것을

《조선문단》 제8호, 1925년 5월.

5월의 노래

1

"보리 이삭에 봄바람이야"
종다리의 노래 구름 속에 울어
나즈레한 봄 하늘 드높은 노래 품고
물 흐린 못 밑에 비칠 때 오오
거룩한 5월의 노래 오랜 대로
동그란 연잎이 물 위에 뜬다

2

지구의 한끝같이 멀어지는 길을
맺히고 맺힌 생각에 두 손길을 잡고
울리는 가슴을 정밀히 누를 때
높은 산봉우리 위에 우렁찬 노래
온 세상에 사무쳐 빛내는 뜻은
그 아픈 이별이 남기신 말씀이다

《조선문단》, 1925년 5월 4일.

111

무제

나는 들었다
굶은 이에게는 밥 먹으란 말밖에 안 들리고
음부淫夫에게는 탕녀의 소리밖에 안 들리고
난봉의 입에서는 더러운 소리밖에 안 나오는 것을

《조선문단》, 1925년 7월 6일.

무제

한 알의 쌀알을 얼른 집어 물고
하늘 나는 마음아
사람의 구질구질한 꼴을
눈여겨보느냐 네 작은 새의 몸으로서
이리 비틀 저리 비틀
썰물에 취해 너털거리는 주정뱅이
아무나 모르고 툭툭 다 치고 지난다
세상아 이 책임 뉘에게 지우느냐

《조선문단》, 1925년 7월 17일.

외로움의 변조變調

밤 깊으면 설움도 깊어서
외로움으로 우울로 분노로*
변조해서 고만 혼자 분풀이한다
싹싹 번을 긋는 것은 철없이도
"나라야 서울아 쓰러져라
부모야 형제야 너희가 악마거늘" 하고
짝짝 땅땅 찢고 두들기는 것은
피투성이 한 형제의 모양과 피 뿜는 내 가슴
"이 설움 이 아픔 이 원망을 어찌하라"고
고만 지쳐서 잠들면
그 이튿날 아침까지 휴지부休止符 그러나
또 밤들면 다시 시작하기 쉬운 외로움의 변조라**

《동아일보》, 1925년 7월 20일.

* 원문에는 '夏鬱로 慣怒로'로 되어 있으나 오식인 듯.
** 원문에는 '쉬외운 調變로라움의'으로 되어 있으나 조판 과정의 오류인 듯.

추억

작은 금방울 소리에
어린 계집애가 되면은
얼지 않은 겨울 못물을 향해서
까치 밤 울리던 때를 못 잊어요

아아 작은 물결 작은 부르짖음
그때는 내가 점을 쳤지요

작은 금방울 소리에
어린 믿음에 돌아가면은
가시 덩굴에서 능금을 못 따고
파초 잎의 가시는 못 보았지요

아아 정밀한 기도 열렬한 말씀
그때는 내가 살아나 울던 걸요

작은 금방울 소리에
옛날 생각을 이으면
하늘은 꽃으로 가리고
우리는 기도로 굽혔었어요

아아 옛날 생각 옛날 믿음
고만 임도 꽃도 못 보았지요

작은 금방울 소리에
옛날 일을 생각하면은
생각 못 미칠 데 생각 미쳐
행복은 앓는 가슴에 있었지요

아아 맘 아픈 파랑새는 파랑새는
하늘을 울리며 그 가슴에 왔었지요

《신민》, 1925년 11월.

향수

불쌍한 과부 딸이
편친片親*께 고별할 때
잠깐 동안이라고
가볍게 절하면서
눈 오건 쉬 오마고
울면서 웃었었다.

외로운 몸이기에
좋은 집도 싫다고
외따로 나왔거든
세상에 조소될 때
그 비탄과 분노를
무엇에게 이르랴

이심二心을 품은 여인
뜰 아래 내려설 때
뿌리 패인 빨강 꽃
다시 심어볼 것을
비나 멎건 가라고

*홀어버이. 원문에는 '片親' 으로 되어 있으나 '偏親' 의 오식인 듯.

냉랭히 일렀어라

영 이별인 줄 알면
그 옷소매 놓으랴
수건 주고 가신 님
철없이 기다리며
다섯 달 열두 번에
내 청춘 다 늙혀라

속아서 그렇다고
벗을 보낸 처녀는
풀잎같이 연하고
홍옥같이 붉었다
잘 속는 어린 처녀
어느 때에 또 보랴

온다고 안 온다고
믿을 수 없는 벗님
겨울에도 꽃소식
기적 같은 이날에
변화 많은 정이면

다시 봄꽃 피워요

(서울에서, 12월 6일)

《조선일보》, 1925년 12월 19일.

보슬비

보슬보슬
보슬비가 내려옵니다
마당 위에
고여 있는 물만 불리는
보슬보슬
보슬비가 내려옵니다
우리 둘이 껴안고
이 비를 맞아
우리의 사랑에
물이 고이면
명년明年이라 춘삼월春三月이
다시 올 때에
우리의 헌 사랑에
새싹이 나리.

《조선문단》, 1926년 4월호.

그러면 가리까

긴 병자의 임종같이
흐리던 날이 방금 숨질 그때
왜? 당신은 머리를 돌립니까?
고운 꽃밭에 날이 그몰면은*
태양이 꽃 앗긴가 하련마는
아아 그대 앞에 내가 섰을 때
머리 돌리던 그대 위해서 아아
그러면 울던 내가 가리까?

그러면 내가 가리까
한 영혼이 한 영혼에게
기꺼운 만남을 준 것도
한 행복의 끄나풀이
우리를 얽어맨 것도
아아 또 내가 그대 앞에 선 일도
고목枯木에 꽃이 핀 일까지도
다 잊어버리고 아아
그러면 웃던 내가 가리까
오오 그대

* 원문에는 '금을면은'으로 되어 있다. '저물다'의 옛말인 '그몰다'의 변형으로 보임.

오오 그대
가시 덩굴 옆의 꽃 장미같이
내가 인생을 헤맬 때
방긋 웃고 머리를 든
오오 그대

문란한 꽃을 사랑치 않는 대신
사람을 사랑할 줄 아는 그대
가시 같은 시기猜忌를 품고
내 양심을 무찌르지 않는 그대
가시 덩굴에 무찔린 나를
인생의 향기로 살려낸 그대
오오 그대여 내 사람이여

《조선일보》, 1926년 8월 19일.

언니의 생각

언니의 그때 모양은
날쌘 장검 같아서
"네 몸의 썩은 것은
있는 대로 다 찍어라!"
맑게 엄하게 말하셨어요

언니의 그때 모양은
온화한 어머니 같아서
"가시나무에서
능금을 따려 하지 마라!"
슬프게 고요히 기도하셨어요

그러나 지금은……?
장성하는 생명의 화려함이
피는 꽃의 맑은 향기로움이
얼마나 우리를 깨우고
얼마나 우리를 뒤덮을까

『조선시인선집』, 1926년, 10월 13일.

5월의 노래

종다리의 노래 구름 속에 울어
나즈래한 봄 하늘 드높은 노래 품고
흐린 못물을 밝게 비칠 때
돌돌 말린 연잎이 째긋이* 움 나온다

처녀의 노래 산 위에 우렁차
북방에 길 떠나신 임 그립다고
타는 가슴에 두 손길을 얹어
그리운 노래 온 세상에 사무칠 때
깊은 정이 머언 길을 없이한다

"꽃가지마다 빛 다른 나비들은
그 안길 품을 그리어 춤추고
바람결마다 쑥스러운 풀씨들은
그 앉을 자리를 찾아 휘날린다"고

부르는 5월의 노래 인정을 궁굴린다

『조선시인선집』, 1926년, 10월 13일.

* 다른 사람이 눈치 채도록 눈을 짜그리는 모양. 또는 주의를 주려고 다른 사람의 옷자락을 가만히 잡아당기는 모양.

만년청 萬年靑

두 이파리로 폭 싸서
빨간 열매를 기르는 만년청
영원한 결합이 있다 뿐입니다

서로 그리는 생각은 멀리멀리
천 필疋 명주 길이로 나뉘어도
겹겹이 접어 그넷줄을 꼬지요

하물며 한 성안에 사는 마음과 마음
오다가다 심사 다른 것은
꽃과 잎의 홍紅과 청靑이지요

『조선시인선집』, 1926년, 10월 13일.

거룩한 노래

꽃보다 고우려고
그대같이 아름다우려고
하늘에 땅에 기도를 했답니다

신보다 거룩하려고
그대같이 순결하려고
바다에서 산에서 노래했답니다

그리하여 맑고 고운 내 노래는
모두 다 그대에게 드렸더니
온 세상은 태평하옵디다

『조선시인선집』, 1926년, 10월 13일.

추억

작은 금방울 소리에
어린 계집애가 되면은
얼지 않은 겨울 못물을 향해서
까치밥 던지던 때를 못 잊어요

아아 작은 물결 작은 부르짖음
그때그때 내가 무엇을 점쳤던가

작은 금방울 소리에
어린 믿음에 돌아가면은
가시덩굴에서 능금을 못 딴다고
순결치 못한 처녀는 밉다고 했지요

아아 정밀한 그 기도 열렬한 그 말씀
그때부터 내 가슴에 자랐던가

작은 금방울 소리에
옛날 생각을 이으면
하늘은 꽃으로 가리고
우리는 기도로 굽혔었어요

아아 영원히 바라는 화려한 광경
이 세상에서는 싹을 못 보리라던가

작은 금방울 소리에
옛날 일을 생각해내면은
생각 못 미칠 데 생각 미쳤어도
행복을 그득히 안은 가슴 같았지요

아아 비 오는 날 내 품으로 오던 파랑새는
하늘을 울리던 그의 마음이었을까

『조선시인선집』, 1926년, 10월 13일.

해바라기*

잡초이면 나풀나풀
바람에도 흔들리고
야화夜花이면 방긋방긋
달을 보고 웃건마는
볕만 보고 낯 숙이는
향일초向日草야 노란 꽃아

빛 그리는 노란 꽃
수치羞恥 아는 처녀일까
그렇다고 가슴 잡고
아니라고 고개들 때
노란 뺨에 구슬픔이
검은 눈을 흐리더라

부끄러움 모르노라
천만 번도 울었건만
꼭 한 사람 그를 위해

* 작자의 이름이 없으나 소설 작품 「일요일」과 함께 수록되어 있는 것으로 보아 김명순의 작품으로 보임.

내 머리를 숙이노라
하늘 위에 나를 올려
구름 속에 숨어 볼까

《매일신보》, 1926년 11월 28일.

두어라

삼각산 뚜렷한 봉
안개에 흐리노라
주야장 흐르던 물
바람이 길 막으랴
두어라 내 시름을
날빛에 비추이게
어떻게 못 먹어서
사람의 불행 지어
구차한 생명들을
연명해 가겠느냐
두어라 거지 떼의
구차한 살림살이

《매일신보》, 1927년 2월 24일.

희망

1

그이의 얼굴은
빛의 저수지더라
대리석에 쪼이면
생명이 불어난다
내 앞으로 오시면
어두운 눈 밝으리

2

방울 돋는 샘터에
온종일 앉았으니
돌부처 살아 와서
내 귀에 이르기를
네 소원이 무어냐
바다로 가려느냐

3

한 고개 넘어서면
생사도 없는 것을
하늘 나는 새 날개
내 등에 돋치라고
굳은 바위 붙들고
울면서 일렀노라

《현대평론》 창간호, 1927년 2월.

불꽃

1

천 리에 가던 사공
해심海心에 닻 주려마
사나운 물결 뛰어
누리를 뒤집을 때
외배에 불꽃 지켜
하늘의 별 하나다

2

땅속에 금 감추듯
하늘에 별 뿌리듯
그 아픈 가슴 터에
설움의 씨 심은 후
비 내리고 눈 내려
가시 덩굴 길렀다

3

내 몸이 내 것이라니
아니다 또 아니다
그리워 꿈에 보면
사랑의 인질인 듯
괴로워 고쳐 보면
아픔의 포로인 듯

《현대평론》제1권 제2호. 1927년 3월.

이심二心

1

천당 길 가려느냐
지옥 길 가려느냐
숨어질 동굴 없이
저주의 신세 되어
두 마음 품에 품고
천지에 아득거린다

2

밤마다 꿈마다
물결에 젖어 울며
두 마음 외로운 일
바다에게 물으면
외로운 한마음이
깨져서 둘이라고

《동아일보》, 1927년 11월 6일.

추경秋景

1

가을밤 별 고운데
떨어질 듯 여겨서
치맛자락 펴들고
한 아름 받건마는
허전한 이 모양아
버러지 울어낸다

2

남풍에 나부끼던
능라도綾羅島 실버들
한줌 꺾어올 것을
때 지나 쇠했으리
상그레* 웃던 얼굴
구슬퍼 울리로다

《동아일보》, 1927년 11월 12일.

* 눈과 입을 귀엽게 움직이며 소리 없이 웃는 모양.

비가悲歌

1

오 오 오 말간 □ □
누구와 속삭이랴
붉은 입술 □ □ □
다시야 웃어 본다
희던 얼굴 검으리
거울을 들어 보라

2

그리며 울었단다
죽었다 깨였단다
부모는 빠져 죽고
□ □는 얼어 죽고
살던 집 무너진 후
죽어서 슬펐단다

《동아일보》, 1927년 11월 14일.

연가

1

그의 집 사립문을
밤마다 두드리며
크고 높은 소리로
나 괴롭노라고
그리운 설운 일을
애哀껏 한恨껏 고告할까

2

재인才ㅅ 손길 그 버릇
고치기도 어려워
남의 집 거문고를
한껏 울리었거든
또 무슨 죄 얻자고
그 줄조차 끊으리

3

뜻대로 된다 하면
훌훌 날아 보고서
임이 웃고 일하는
다행한 화롯가에
파랑새 한 마리로
이 추움 고하리라

4

초겨울 밤 깊어서
힘든 글 읽노라면
뒤뜰의 예리성曳履聲이
그의 것 같건마는
내 어려움 모르니
낙엽성落葉聲 그러한가

《동아일보》, 1927년 11월 24일.

비련悲戀

쓸쓸한 거리 끝에 임 오실 리 없거늘
그리운 정도* 져서 오신 듯 달떠진다
행여나 같은 모양 눈앞에 벌어지리

이 몸이 놓여나면 바위라도 뚫고
임 향한 설운 사정 쏟아 부으련마는
빈궁貧窮에 붙들린 몸 움직일 길 있으랴

《동아일보》, 1927년 12월 6일.

* 원문에는 '情度'로 되어 있으나 '情 도져서'의 오식인 듯.

141

제 **4** 부 『애인의 선물』의
시들

봉춘逢春

1

하늘에 별 뿌리듯
땅속에 금 감추듯
못 잊어 정든 정을
못 속에 살려보면
홍련이 피어날 때
금붕어 형제 할까

2

봄바람 한들한들
강정江亭에 밝았으니
피 붉은 꽃 한 송이
푸른 물에 떨어져
강남 길 가던 것을
오던 제비 낚도다

추경 秋景

1

가을밤 별 고운데
치맛자락 펴들고
떨어질 듯 여겨서
한 아름 받건마는
허전한 이 모양아
버려지 울어낸다

2

남풍에 나부끼던
능라도 실버들
한줌 꺾어올 것을
때 지나 쇠했으리
상그레 웃던 얼굴
구슬피 울리로다

3

가을을 찾노라니
깊은 골에 왔구나
청황적靑黃赤 난만한데
이곳이 어드메냐
물소리 그윽하여
숨은 정 아노란다

애상哀想

1

재인才人 손길 그 버릇
고치기도 어려워
남의 집 거문고를
한껏 울리었거든
또 무슨 죄 얻자고
그 줄조차 끊으리

2

뜻대로 된다 하면
훌훌 날아보고서
임이 웃고 일하던
다행한 화롯가에
파란 새 한 머리로
이 추움 고하리라

3

초겨울 밤 깊어서
힘든 글 읽노라면
뒤뜰의 예리성이
그의 것 같건마는
내 어려움 모르니
낙엽성 그러한가

4

쓸쓸한 거리 끝에
임 오실 리 없거늘
그리운 정 도지면
오신 듯 달 떠진다
행여나 같은 모양
눈앞에 벌어지리

저주된 노래

1

오.오.오. 빨간 연지燕旨*
누구와 속삭이랴
붉던 입술 푸르러
다시야 웃어보랴
희던 얼굴 검거라
거울을 들어보랴

2

흙속에 금 감추듯
돌 속에 옥 가리듯
그 아픈 가슴 터에
설움의 씨 심은 후
비 내리고 눈 내려
가시 넝쿨 길렀다

---

* '臙脂' 의 오식인 듯.'

정절

1

숲 속에 누웠으니
종자種子로 메워진다
철없는 들이면은
잡초로 깊을 것을
연 밥 한 알 받아서
한 떨기 벙긋벙긋

2

더러운 진흙 속의
연꽃 빛 고움이여
세파에 부대끼며
의지를 세움 같다
두어라 희망이란
곤란하다 하거니

불꽃

1

야 이 가던 사공아
해심에 닻 주려마
사나운 물결 뛰어
누리를 뒤집어도
외배에 불꽃 찍혀
하늘에 별 하나다

2

내 몸이 내 것이라니
아니다 또 아니다
그리워 꿈에 보면
사랑의 인질이요
외로워 고쳐보면
아픔의 포로로다

곽공郭公

1

봄날 빛 고와지자
포곡성布穀聲 구슬펐고
밀보리 푸를 때
종다리 우는구나
가는 봄 덧없거니
내 마음 아니 울까

2

사는 날 죽는 날도
임의로 못 되거든
밉고 고운 그날이
뜻대로 된다 할까
구름 속의 종다리
하늘 위에 고와라

3

그의 집 싸리문을
밤마다 두드리며
크고 높은 소리로
나 괴롭노라고
그리운 설운 날을
애꿎껏 한껏 고할까

희망

1

방울 듣는 샘터에
온종일 앉았으니
돌부처 살아와서
내 귀에 이르기를
네 소원이 무어냐
바다로 가려느냐

2

모랫길 예이는*
잔잔한 시냇물아
내 목소리 높이어
네 이름 부르노라
바다로 가는 길을
나 함께 가자꾸나

* '가다' 를 옛스럽게 이르는 말.

3

한 고개 넘어서면
바닷가에 가리니
물결을 부숴내는
엄격한 벼랑처럼
배워가는 내 길에
귀한 임 기다린다

4

그이의 얼굴은
빛의 저수지더라
대리석에 쪼이면
생명이 불어난다
내 앞으로 오시면
어두운 눈 밝으리

연모

1

이 몸이 놓여나면
바위라도 뚫고
임 향한 설운 사정
쏟아부으련마는
빈궁에 붙들린 몸
움직일 길 있으랴

두 마음

1

두 마음 품은 여인
뜰 아래 내려설 때
뿌리 패인 빨강 꽃
다시 심어볼 것을
비나 멎건 가라고
냉랭히 이르도다

2

천당 길 가려느냐
지옥 길 가려느냐
숨어질 동굴 없이
저주의 신세 되어
두 마음 품에 품고
천지에 아득인다

3

밤마다 꿈마다
물결에 젖어 울며
두 마음 외로운 날
바다에게 물으면
외로운 한마음이
깨져서 둘이라고.

제5부 『애인의 선물』
이후의 시들

수건

1

언니의 손은 하얀 손
동생의 손은 빨간 손
하얀 손은 크기도 하고
빨간 손은 작기도 하오

2

언니의 하얀 손으로
동생의 수건을 지으면
빨갛고 빨갛고
동생의 빨간 손으로
언니의 수건을 지으면
하얗고 하얗지요

《새벗》 제1권 제4호, 1928년 1월.

수도원修道院으로 가는 벗에게

벗들은 산으로 가네
춘광春光을 따라 녹음을 따라 청풍명월을 따라
이 세상을 잊어버리려고 수도원으로 가네

수도원에 가서 머리를 깎고 중이 되어서
모든 세상의 잡념을 다 던져버리고
아침저녁 향로에 향을 피우고
종을 땡땡 울리며 거룩한 마음으로 묵도默禱를 하러 간다지
이로써 한세상을 마치려고

그러나 벗이여
오게 지옥의 예찬자 사死의 동지 썩은 송장들이 뭉쳐 있는 그곳을 가
지 말고
생의 예찬자 생의 개척자가 모인 우리에게로 오게
오게 너희들의 부모처자 동생들을 다 데리고 오게
삶의 나팔을 불며 굳세게 행진하는 우리들의 일터로
좋은 세상을 개척하려는 우리들의 싸움터로

《신동아》, 1933년 7월.

고구려성高句麗城을 찾아서

어떤 자는 고구려성 옛터를 찾아서 거닐며 우네
이것은 옛날 우리들의 할아버지가 사시던 곳
살다가 함락당하여 무너진 성의 자취라고
쓸쓸한 와편瓦片* ㅁ기운 성벽 깨진 솥 토기
이것을 한 낱 두 낱 주우며 우네

아아 쓸쓸타 참말
우리들의 할아버지가 계시던 곳 성이 이렇게 불붙고 무너져
끊기고 패이고 부서져 비에 씻길 줄
부서져 이렇게 쓸쓸한 풀만 무성한 줄
이 풀 성한 고적古跡을 거닐며 우리가 전설을 외우게 될 줄
외우며 옛일을 그려 울게 될 줄!

그러나 벗이여 울지는 마세
우리는 힘을 내세
이것은 조상들이 ××를 위하여
이곳까지 왔다가 죽었다는 것을
우리는 비록 조상의 얼굴 그때에 흘린 붉은 피는 못 보았다 할지라도
이 성에 널려 있는 와편, 파편, 남아 있는 비좌碑座**로써도

---

* 깨어진 기와 조각.
** 비석의 몸체를 세우는 대.

넉넉히 우리 조상의 선혈이 묻혔다는 것을 알 수가 있네

자, 벗들아 파편을 주우며 울기는 너무나 약한 짓이다
풀잎을 뜯으며 새소리를 들으며 흐르는 구름을 바라보며
전설을 되풀이하기는 너무나 힘없는 짓이다
우리는 여기서 느끼세
힘을 믿세
힘을 내서 일하세

(일천삼백여 년 전 우리들의 할아버지의 늠름한 기상을 그려보면서, 6월 4일,
만주滿洲 무순無順에서)

《신동아》, 1933년 8월.

석공石工의 노래

1

서울의 산은 봉우리마다 바위다
풍상 겪은 고도古都를 둘러싼 산이 화강암이다
부스러지는 바위틈에는 솔이 자라 있고
모래 모인 골짜기에는 샘물이 흐른다
굳고·단단한 화강암에 폭탄을 던지면
탕탕 바위가 부서지며 산이 운다

채석장에 그득 쌓은 화강석을
비석으로 가릴 때는 손님이 많다
하루는 얌전한 아씨가 오셔서
그이의 남편의 석비를 부탁하고 갔다
높은 곳은 낮추고 낮은 곳은 높여 반지르르하게
똑딱똑딱 그이의 남편의 비석이라고
비명碑銘은 "우리 양군良君 16세로서
먼 길을 찾아온 누이도 안 만나고
절 동구 밖 10리나 떨어진 못가에
탑의 영자影子가 못에 비칠 때까지
고대苦待시켰단다"
딱딱 똑딱 영지影池에 무영탑이라고 일러라

167

2

한 학도의 모양으로 변한 그이가 말하기를
푸르퉁퉁한 돌은 너무 빛이 없으니
우리 집 화단의 고석古石으로 다시 새깁시다 하고
영채榮彩 있는 눈으로 먼 곳을 가리키며 갔다
이리하여 내 죄가 감춰졌지마는
그야말로 후원後園의 고석이 훌륭할 것이다
북악산 기슭이 후원인 엄엄嚴嚴*한 고관古館**은
그이의 심상치 않은 유서由緖***를 말한다
황금색의 후원 길을 청자색의 바윗길을
상록수의 사이를, 화려한 5월의 그늘을
백초百草가 난만한 화원으로 나를 인도하는 그는
올 맺은 보조步調로 미치는 세상도 바로잡으리라
까치의 둥지 짓는 거동을 바라본다
하늘 창공에 기껏 부르짖는 종달새를 듣자
시방 5월 날 대낮에 화창한 화원 가운데
젊은 석공인 내가 청춘을 느끼고 있다

* 매우 으리으리하다.
** 오래된 집.
*** 전하여 오는 까닭과 내력.

아아 부스러지는 듯한 바위 위에 나를 세운 그는
청태靑苔 덮인 고석을 긴緊하게 가리킬 뿐이다
늦은 사면斜面을 바위가 부서져 모래가 구른다
내 한숨이 바위 밑까지 사무치리라
—필경 내 생전부터 저렇게—
그이가 온건히 이야기한다
저 돌을 실어다가 가운데 붉은 채색으로
솜씨 있게 우리 집 무덤을 빛내주셔요
7세로부터 부도婦道를 닦아오던 조선 처녀
자라지도 않아서 칠악七惡을 징계받았다
숙녀淑女 이군二君을 섬기지 말 것이라고
추상秋霜 같은 가풍에는 종순從順****만이 부도이니
절조 높은 사부士夫의 가문을 욕 안 보이려고
서약誓約의 검劍을 가슴에 안던 것이다
나 열두 살에 눈을 감고
가마 타고 시집 갔더라오
연지 곤지로 단장한 얼굴을
눈물로 적시면서 친정을 떠났지요
그 화관이야말로 무거웁디다

| **** 순순히 복종함.

그 칭찬이 더 무서웁디다
나 열여섯에 처녀 과부 되었지요
죄인의 베옷을 입고 지팡이 집고
상여 뒤를 걸어서 걸어서
멀리멀리 무덤까지 갔었지요
그리고
산 각시의 상대역이던 이름뿐인 양군良君을
깊이깊이 묻어버리었지요

3

반반히 바르게 똑바르게
그의 남편의 비석이라고 새기었다
어떤 때는 철추*****로 내 손을 찍고
어떤 때는 손가락을 쪼면서
아아 아리따운 그 자태 때문에
똑딱 똑딱 명령 없는 고생을 하였다

***** 큰 망치. 철퇴.
****** 원문에는 '삭상朔像' 으로 되어 있으나 '소상塑像' 의 오식인 듯. '소상' 은 찰흙으로 만든 형상.

고석에서 녹태綠苔를 벗기어 갈수록
홍백의 교묘한 색배色配를 본다
돌에 형상이 있다고는 이런 일이던가
채석에 농담濃淡을 갈라서 생과 사로 양단한다
아아 애석한 석비와 상쾌한 소상塑像******
똑딱 똑딱 일거양득이란다
석비石碑는 그이가 기뻐하였다
소상은 사람들이 칭찬하였다
그이는 순진한 학도가 되었다
그리고
세상 풍파에 변하였다
나는 종일토록 일개 석공
똑딱 똑딱 똑딱

(동경에서)

《동아일보》, 1934년 5월 26일.

나 하나 별 하나

별 하나 나 하나
북촌 애들이 부른다

연잎에 얼굴을 묻고 얼굴을 묻고
석양이 옷자락을 이끌어 가는 지반池畔*에
무리들이 바라본 얼굴을 감추고
두 발에 감기는 분홍치마 사장砂場을 거닌다

별 둘 나 둘
남촌 애들이 섬긴다

을밀대 희롱하고 모란대牧丹臺 불어 내리는 추풍
마탄馬灘의 물소리를 느끼는 것 같아서
문서 없다는 전통傳統의 노예, 얼굴을 붉히고
옛집 후정後庭**에 서서 사紗***적삼의 어깨를 떤다.

(1930년)

《동아일보》, 1934년 11월 16일.

* 연못의 변두리.
** 뒤뜰.
*** 생사로 짠 얇고 가벼운 비단.

빙화氷華*

추운 날 창경窓鏡**의 꿈
남방南邦의 화원을 연상시키지요

의합意合***지 않은 정열 때문에
마음속에 빙주氷柱****를 세웠지요

오래 살수록 서툴어지는 것을
염세증이라고 비웃으리까

경계하여도 몰아오는 무리 때문에
한 분의 전위前衛를 세우랍니까?

(1930년)

《동아일보》, 1934년 11월 16일.

* 식물 따위에 수분이 얼어붙어 흰 꽃처럼 되는 현상.
** 창문에 단 유리.
*** 뜻이 서로 맞음.
**** 고드름.

샘물과 같이

고향을 멀리 떠나서
방랑하는 신세 같았다.
봄날 저녁이었다.
가느다란 길 처녀
이역의 거리를 방황하다가
언덕 위의 대문을 두드렸다.
온건한 손길이 문을 열었다.

두 청년이 처음 만났다.
반가운 못 잊을 얼굴이었다.
저들이 그리던 마음속 얼굴이었다.
저들은 서로 부끄러워하여* 서로 물러섰다.
일보 뒤로 아니 일보 앞으로
생명의 꽃 시절이었다.

《신인문학》, 1936년 10월.

---

* 원문은 '붓그리어' 임. '붓그리다' 는 '부끄러워하다' 의 옛말.

시로 쓴 반생기半生記

상上

유시幼時

1

어리던 때
유모의 등에서
어머니의 무릎으로 옮겨가면서
일상 코를 씻기었다.

장마 지난 윗물 구덩이에
맨발로 들어서 엄마 엄마 부르면
—아가— 가슴이 서늘한 소리
젊은 유모의 달려오는 숨소리

하녀의 등을 애가 타서 두드리며
이 애야— 엄마 어디 갔어
엄마 찾아가자— 졸라대면
할머니가 뺏어 업으며 눈 꿈적꿈적

―발버둥이 고만 쳐라 허리 아프다
다― 자란 아이가 유모는 무엇해
강동江東 다리 아래 갖다 버릴까 보다
엄마 집에 있지 유모도 엄마야

나는 새파란 초록 저고리
오빠는 남자색 저고리
아침밥에 나는 닭의 간 두 쪽 먹고
오빠는 닭똥집에 욕심만 부리고

엄마 머리 아파
저어 오빠가 맹꽁이가
대통으로 내 이마를 때려
엄마 오빠 때려주어 어서

2

하늘 천 따 지, 아늘 천 따 지,
하늘 천! 아버지의 꾸지람 소리
―소를 가르치는 편이 낫겠다

언제 천자문 한 권 뗀단 말이냐—

오빠야 내 저고리 예쁘지
할머니 어서 옷 입혀주
오빠가 못 맞힌 글 먼저 맞히고
처음으로 상 받았단다

보 묻던 헝겊을 꼭꼭 묶어 놓고
부전* 깁던 색 헝겊 꼭꼭 싸두고
골무 인제 나는 싫다 손톱 아파
나 여섯 살인데 나이 늘인단다

엄마 학교에 가지고 갈 선물 주
꼬꼬 하는 닭 두 마리 쌀 한 말
아니 북어北魚 한 쾌 쌀 한 말 놈이 가지고
방울 소리 달랑달랑 학교에 갔단다

—아가 너 어디 가니— 동리洞里 어른 물으시면
—나는 성교학교聖敎學敎에 갑니다

* 예전에 여자 아이들이 차던 노리개.

—너 어서 학교 가서 천자 떼고 책冊시세해** 오너라. 아가.

달랑달랑 앞서가서 문을 열었더니
눈이 노—란 서양 선생님
에크머니 눈이 노—란 사람도 있어
엄마 으악

아가 울지 마라 얼른 낯익어지지
내일부터 학교에 오너라

—우리 아기는 머물기쟁이랍니다
—글쎄 너무 어려 숙성은 한걸

애나야 보배야
인실아 우리 글 읽자구나
탄실이는 글도 속히 앞섰다
벌써 우리하고 한 반이로구나

조개송편 깨송편

** '책시세'는 '책거리' 또는 '책씻이'의 방언.

178

찰떡하고 흰떡 기름 바르고
설탕 한 항아리 꿀 한 항아리
오늘이 내 책시세란다

작은 발 조심히 잘 가거라
내일 또 만나자 탄실아
내일 우리 집에 모이자 애나야
대동강으로 얼음지치기 하러 가자

집으로 돌아갈 책보 싸놓은 다음
성당에 들어가 기구祈求하고 손 씻고
나란히 앉아 떡 한 봉지씩 먹은 후
먹다 남은 떡 책보에 싸넣었지요

성탄 때 집에서 분홍 모본단*** 저고리
□ □색 원주元紬**** 치마 상 받고는
단장하고 성교당聖敎堂에서 미사 참례하고
이쁜 딸 비누, 꽃 책보 선물 받았지요

*** 비단의 한가지. 본래 중국에서 난 것으로 짜임이 곱고 윤이 나며 아름답다.
**** 중국에서 들어온 비단의 한 종류. 명주와 비슷하며 네모난 잔무늬가 있다.

봄날이라 화창한 때
예배당 필뿌하고 푸르른 잔디 밟아
동무끼리 성 밖에 놀러갔지요
먼 산에 아지랑이 끼고 새 지저귀는 소리

놀러갔다가
큰언니들은 걱정소리 듣고
집으로 타방타방 걸어와서 보면
오빠 맹꽁이가 내 각시 간**** 뒤집었어요

한밤 자고 또 한밤 자고
한 달 지나 두 달 지나 한 해 이태
분홍 옷 잔뜩 해 가지고 여덟 살에
서울로 유학 갔더란다

3

동무동무 일천─千 동무

| **** '칸'의 잘못. '칸'의 옛말. 따라서 '각시 간'이란 '각시 방'으로 보임.

동무동무 욕 동무
아이들은 시험 때 내 시험지 베끼고
부모들은 우리 집에 와 돈 꾸어 갔다

공부하다 울기도 잘하고
울다가 공부도 잘하고
자다가 가위도 잘 눌리고
그래도 우등은 하였다나

방학 때 큰집 가서도
기숙사 생각하고 또 울면
나들이 온 고모가 이르기를
―왜 울고 짜고 보채기만 하니

―내 시집살이 이야기 들어보아라
구습舊習 부모 명령 순종하노라니
아침 치르고 온종일 베틀에서 베 짜고
저녁 시작하노라면 다리가 아프단다

―그런데 너는
큰 아이들도 못하는

서울 공부 다니면서
울기는 왜 우니 울지 마라

어려운 공부 다 마치고
이번에는 동경 유학 가노라니
부모님은 은행 빚에 몰리고
나는 학비 군색窘塞******에 설움 보았다

중中

드높은 노래

1

어스름 저녁때
사곡풍경四谷風景 중의 하나인
S대학 지붕 위에 나서면

****** 필요한 것이 없거나 모자라서 딱하다.

1일의 소비를 잊었었다

적판이궁赤坂離宮 부근에
화려한 녹색의 조화
푸르른 눈정신* 모아
고요히 성당 위로 옮겨왔다

원근遠近의 삼림森林─
짙어지는 녹색의 색채
상학종上學鐘 소리가 울면
"저물었다 내일 또"

"나는 창을 바라보기도 하고
동무들과 노래도 부른다
나도 저녁을 먹는다
그리고 책을 본다"

예수의 회會 수도원에
단순한 회화교수會話教授

* 눈에 재주가 드러나 보이는 기운. 눈총기.

몸과 마음 거듭나도록
내가 전심專心 치지致志**하였다

2

검푸른 바람이
높은 집 창 기슭들을 울리었다
질투에 어두운 눈동자들이
없는 희생물을 찾았다

사물 떨어져 흐르는 호수 뒤로
언덕에 굽어선 낙락장송이
오한惡寒의 몸서리를 부르르 치고
높은 소나무 한 그루 부러졌다

이끼로 새파란 웅덩이 물결
도회의 하수도 막고 잔잔潺潺하다
단칸방 안을 습격하는 질투

| ** 전심치지 : 한결같은 뜻으로 오직 한 가지 일에만 마음을 쏨.

야학 시간마다 무리지어 온다

텅 빈 교실 안에
드높은 마음 울고
나보다 5분은 높은 그이가
비참한 나를 힘써 주었다

작은 한촌寒村의 생장生長인 내가
도회에 나온 바에는
금전이고 학식이고
어느 편이나 얻어야 하였다

3

아침 학교 저녁 학교
그다음에 과자 장사
명태같이 마른 나는
외로운 인생이었다

5월 일요일 늦은 아침

도회의 소음에 놀라
눈을 번쩍 낮 씻고
발 빠르게 성당에 간다

아아 성당은 나의 천국
우리 선생님들은 천사 같고
거룩한 주일主日날 위하여
모인 신자들은 정화淨化되었다

겸손한 음성의 창가대唱歌隊
아름다운 테너의
자유자재한 발성이
천사 찬양하는 것이었다
그 성당 안에도 한 해 이태
다음 다음 유행 따라서
탐미파眈美派가 쫓겨가고 실질파實質派
헤라클레이토스의 판타레이Panta rhei다***

*** 모든 것은 끊임 없이 변화함. 고대 그리스 철학자 헤라클레이토스의 사상을 나타내는 말.

4

거룩한 성당 안에서
설교하신 예수의 말씀들도
장사하는 길거리에서는
악화되어 나를 울리었다

조소嘲笑하려는 어귀語句들
농락하려는 수법들
동경東京 정경 나는 몰라
젊은 지조 한결같다

야학교夜學校 안에는 여급의 전횡專橫
성당 안에는 스파이 종류의 출몰
사람을 낚는 총알 눈동자들
외로운 내 한 몸 의심스러웠던가

머리를 숙이고 생각하여도
동경인사東京人事 반갑지 않고
고난스런 살림 7, 8년에
열렬한 정열 몰라 왔다

그 학교 그 성당 그대로
우리 조선에 옮겨올까
학식에 주린 우리 민족들
정결한 마음씨로 오리랄까

요릿집 여급하는 여자인지
코 빨간 노인 짝지어 와서는
수도사修道士의 불안을 북돋우려고
자기네의 희생이 되란다

사람 영혼의 사망을
헛되이 알려는 악마의 태도
상벌을 편가르는 욕물慾物
성당 안도 전쟁터였다
Morgenstern voll strachlen pracht
Zier der Himmels-anen
성스러운 멜로디를 따라
나도 이따금 불러본다

하下

5

청년 시인이 전주 일본을
방황하다가 돌아와도
내놓을 사람은 마른 여자
그뿐이라고 할까요?
봄날 아침 10시에

미사를 필畢한 우리는
새벽부터 내리는 봄비를 맞고
성당 뜰에 내려서서 개웃개웃

그다음 일요일에는
파릇파릇한 바주[生垣]* 뚫고
잘 자라는 잔디밭 위로
오락가락 샛길이 열리었다

---

* '바자'의 평안도 및 황해도 지방 방언. 대, 갈대, 수수깡, 싸리 등을 발처럼 엮어서 만든 물건. 울타리를 만
 드는 데 씀.

새 지저귀는 봄날 아침에
돌돌 구르는 물소리 거슬러
새벽 미사에 참여하면
파랑새 우짖었다

오오 조물주의 신비
청춘의 넘쳐흐르는 재능
고난을 겪어도 아름답고
더러움 모르듯 거룩하였다

어느 때는 왕자와 같이
어느 때는 빈민같이
나의 모든 허물 사赦하시라고
신단神壇 미사 사仕를 드시었다

붕붕 탕탕 경절慶節**의 발포發砲
나의 사죄를 신성케 하였다
나의 지휘자 페드르*** 그이는
내 전생全生의 외로운 동무

길

길…… 내가 마음먹기는
음향과 색채의 서안西岸****을 전傳하여
착한 이들의 교회당

길…… 내가 치를 떨기는
아우성소리 나는 시장의
담과 담 사이 벽과 벽 사이
이도泥道*****를 건너는 외나무다리

길…… 내가 그리기는 장강長江의
산 넘어 들 지나 바다에 드는
굽이굽이 감도는 길

길…… 내가 기뻐하기는
모든 제방堤防을 넘어 바다에 드는 것같이
미래로 미래를 보조步調를 어우르는
모두 다 완성의 길

**** 서쪽에 있는 바닷가나 강가.
***** 진창길.

길…… 내가 읽기는, 레일의
울면서 웃으면서 바로 달아나는
별의 궤도, 또 인심人心의 동작動作
길…… 내가 배우기는 천류川流******의
구곡구절九曲九折의 산길을 평지로 가는
임의 길, 진리의 길

《동아일보》, 1938년 3월 10, 11, 12일.

****** 내의 흐름. 물의 흐름이 끊어지지 아니하는 일.

두벌 꽃

일찍 핀 앉은뱅이
봄을 맞으려고
피었으나 꼭 한 송이
그야 너무 작으나
두더지 맘 땅 속에 숨어
흙 떼어 길 갈 때

내 작은 꼭 한 생각
너무 춥던 설움에는
구름 감추는 애달픔
그야 너무 괴로우나
감람색ᅡ藍色의 하늘 위에 숨겨서
다시 한 송이 피울까

《동아일보》, 1938년 4월 23일.

193

심야深夜에

1

심야이다
사위四圍 고요하다
버릇이 되어, 산같이 그득 쌓인
책장을 치어다본다
하나씩 사들이던 고난을 회상한다

2

그것이 모두
―무지無知의 원圓을 전개시키는 수밖에 없다―
일러온 것을
기氣를 가다듬고 머리를 흔들다가도
어머니! 고요히 부르짖고
천장[天井]을 우러러 한숨짓는다

3

신성神聖을 말씀하시는 그 이마
검은 안경 밑에 청록색의 안광眼光
나의 무릎을 잊게 하시려고
가지가지로 표정하시던
위엄과 사랑과 진실됨
당신에게로 내가 갑니다. 또한
오시도록 기다리옵니다

4

일장一場 거룩한 장면이 지나면
그의 생시와 같이 하얗게 입고
기다란 속눈썹 아래 둥그런 눈동자
아름다운 코와 입 모양이 한층 더 정화淨化되어
—애처로운 내 아기 그렇게 괴로워서—
꽃의 정情같이 천장 위로 나타난다

5

아름다운 꽃밭에 즐거운 시냇가에
오빠야 누나야 동무야 부르짖던 일
다 옛날이었고 그나마
지금은 안 계신 내 어머니
나와 피와 살을 나누신 그이가
내 생활과 내 사랑을 아시는 듯
유명계幽明界를 통하여 오는 설움에
밤마다 때마다
눈물을 짓는다

《동아일보》, 1938년 4월 23일.

바람과 노래

떠오르는 종다리 지종지종하매
바람은 옆으로 애끊이더라
서창西窓에 기대선 처녀
임에게 드리는 노래 바람결에 부치니
바람은 쏜살같이 남으로 불어가더라

《동아일보》, 1938년 4월 23일.

석공의 노래

1

서울의 산은 봉우리마다 바위다
풍상 겪은 고도古都를 둘러싼 산이 화강암이다
부스러지는 바위틈에는 솔이 자라 있고
모래 모인 골짜기에는 샘물이 흐른다
굳고 단단한 화강암에 석공이 끌을 대면
탕탕 산이 울며 바위가 부서진다

채석장에 그득 쌓인 화강암을
비석으로 가릴 때는 손님이 많은 중
하루는 젊은 여인이 찾아와 머뭇머뭇
그이의 남편의 비석을 부탁하고 갔다
높은 곳은 낮추고 낮은 곳은 높이어
똑딱똑딱 그이의 남편의 비석이라고

비명碑銘은 "우리 양군良君 16세로서
물이 변해 돌 되는 줄도 모르고
사후를 헤아린 법조차 모르면서
천지는 변하여도 부부애는 불변이라고
후원後園 송백나무에 새기었던 것을"

똑딱똑딱 그이의 아름다운 마음씨여

평면 평면 직선 직선
거울같이 다듬던 화강석 위에는
그이의 슬픈 비명을 새기던 대신
아리따운 그 여인의 자태가 새겨졌다
아아 주문 없는 일을 어찌하리
똑딱딱 시대의 번민이여

옛날에도 신라의 석공은
불국사의 석가탑을 쌓을 때
먼 길을 찾아온 누이도 안 만나고
절 동구에서 10리나 떨어진 못 가에
탑의 영자影子가 못에 비치도록 세웠더란다
딱딱 똑딱 영지影池에 무영탑無影塔이라고 일러라

2

일개 학도인 그이가 이르기를
푸르퉁퉁한 돌은 너무 빛이 없으니

우리 집 정원 고석古石으로 다시 새깁시다—
영채 있는 눈으로 먼 곳을 가리키며 갔다
이리하여 내 죄도 감추었지마는
그야말로 후원의 고석이 운치 있으리라

북악산 기슭이 후원인 엄엄한 고관古館은
그이의 심상치 않은 유서由緖를 말하였다
화려한 5월의 상록수의 그늘
청자색 바윗돌 사이 황금색 후원 길에
정밀한 꽃밭으로 나를 인도하는 그는
올 맺은 보조로 미치는 세상도 바로하리라

까치의 둥지 짓는 거동을 바라본다
하늘 창공에 기껏 부르짖는 종달새를 듣자
시방 5월 날 대낮 화창한 동산에
젊은 석공인 내가 청춘을 느끼고 있다
아아 부스러질 듯한 바위 위에 내가 섰다
그이는 청태 덮인 고석을 가리킬 뿐이다

늦은 사면斜面을 바위가 부서져 모래가 구른다
내 한숨이 바위 밑까지 사무치리라

―필경 내가 생기기 전부터 저 이렇게―
그이가 상냥히 이야기한다
―저 돌을 실어다가 가운데 붉은 채색으로
우리 집 산소를 빛내주셔요―

7세로부터 부도婦道를 닦아오던 조선 여자
자라지도 않아서는 악을 징계 받았다
숙녀 이군二君을 섬기지 말 것이라고
추상 같은 가풍에는 순종만이 부도이니
절조 높은 사부士夫의 가문을 욕 안 보이려고
서약의 검劍을 가슴에 안던 것이다

―나 열두 살에 눈을 감고
가마 타고 시집 갔더라오
연지 곤지로 단장한 얼굴을
눈물로 적시면서 신정新庭을 떠났지요
그 화관이야말로 무거웁디다
그 칭찬이 더 무서웁디다―

―나 열여섯에 처녀 과부 되었지요
죄인의 베옷을 입고 지팡이 짚고

상여 뒤를 걸어서 걸어서
멀리 멀리 무덤까지 갔었지요, 그리고
산, 각시의 상대역이던 이름뿐인 양군을
깊이 깊이 묻어버리었지요—

3

반반히 바르게 똑바르게
그이의 서방님의 비석이라고 새기었다
어떤 때는 해머로 내 손을 찍고
어떤 때는 내 손가락을 쪼면서
아아 아리따운 그 자태 때문에
똑딱똑딱 그 어머니의 속급이었더란다

고석에서 녹태綠笞를 벗기어 갈수록
홍백紅白의 교묘한 색배色配를 본다
채색의 농담濃淡을 갈라서 생과 사로 양단한다
아아 애석한 석비와 상쾌한 소상塑像*

| * 원문에는 '삭상朔像'으로 되어 있으나 '소상塑像'의 오식인 듯.

생전과 사후가 동떨어져
똑딱똑딱 일거양득이란다

석비는 그이가 만족하였다
소상은 사람들이 칭찬하였다
그이는 순진한 학도가 되었다
그리고 세상 풍파에 변하였다
나는 종일토록 일개 석공
똑딱똑딱 청춘의 무덤이여

《삼천리》 제10권 제8호, 1938년 8월.

부금조浮金彫

그 가슴에 오색선을 그을 때
젊은 여인 대동강 부두에 섰다

하이얀 능라綾羅의
옷 나래를 풀날리며 풀날리며
잠시의 처량한 시선을
강 건너 장림長林에 던지었다

바람과 물결이 아뢰던
자연의 운율을
어이 다 음부音符로 표표標하리요

그 음부책의 금색 부조浮彫*
밑으로 능라도 위로 부벽루

금선琴線**을 조율하듯
청춘의 상쾌한 걸음걸이

청류벽淸流壁*** 기슭으로 오를 제

* 돌을 새김.
** 가야금이나 거문고 따위의 줄. 예민하게 느낄 수 있는 마음결.

204

드높은 노래 천하에 찼다

명승지 유객들의
수다한 벽면성명壁面姓名 들어
공명功名****이라 전하리오

《삼천리》, 1938년 12월.

*** 깎아 지른 듯한 기암 절벽.
**** 공을 세워서 이름을 널리 드러냄. 또는 그 이름.

그믐밤

×

그믐밤 별 고운데 떨어질 듯 여겨서
한아름 받건마는 허전한 이 모양아
버러지 울어낸다

×

가을을 찾노라니 깊은 골에 왔구나
청황적靑黃赤 난만爛漫한데 이곳이 어디냐
물소리 그윽하여 숨은 정情 아노란다

×

모랫길 예이는 잔잔한 시냇물아
내 목소리 높이어 네 이름 부르노라
바다로 가는 길을 나 함께 가자꾸나

×

쓸쓸한 거리 끝에 임 오실 리 없거늘
그리운 정 도지면 오신 듯 달떠진다
행여나 같은 모양 눈앞에 벌어지리

×

초겨울 밤 깊어서 힘든 글 읽노라면
뒤뜰의 예리성曳履聲이 그의 것 같건마는
내 어려움 모르니 낙엽성落葉聲 그러한가

×

뜻대로 된다 하면 훨훨 날아 보고서
임이 웃고 일하는 다행多幸한 화롯가에
파랑새 한 마리로 이 추움 고告하리라

《삼천리》, 1939년 1월.

제 **6** 부 　번역 시

* 제6부에 소개된 9편의 번역시는 모두 《개벽》(1922년 9월)에 실렸음.

웃음

창성創成하라, 운반하라, 지속하라
웃음의 1천 저수지를 네 손 가운데!
웃음은 천복天福의 습윤濕潤*은
모든 사람사람의 얼굴에 그득 피었다
웃음은 주름살이 아니라,
웃음은 빛[光]의 본질이라
빛은 공간을 통하여 빛나리나
그러나 그는 아직 그르다
태양일지라도 빛이 아니다
사람의 얼굴 위에 비로소
빛은 웃음이 되어서 생겨나올 것이다
눈 깜박거리는 가벼운, 죽는 일 없는 문으로
눈과 눈의 문門으로 순유巡遊**해 나온
최초의 춘春, 천체天體의 효모酵母
웃음, 유類없이 타는 소작燒灼
격렬하게 쏟아지는 웃음으로 늙어빠진 손을 씻어라
창성하라, 운반하라, 지속하라!

—프란츠 베르펠

* 습기를 띠고 있음. 습기가 많음.
** 여러 곳으로 돌아다니며 유람함.

비극적 운명

나는 달음질하다. 저녁 해안을 따라서 천상天上의 풍광이 무덕무덕* 지나간다. 방황하고 있는 동물도—나는 달음질하다—사람은 차례차례 죽어가서, 나를 에워쌌던 설움은 다 떨쳐버렸다. 진실한 인간의 모양이 드디어 보이다. 오오, 참으로 틀림없는 이 위로의 희열! 오오, 그는 음악이냐, 오오, 이는 사랑이냐, 이 쾌상快想** 가운데 나를 머물게 하라.

나는 달음질하다—질풍과 같이 뛰어오르다. 맹목盲目 맹목 나는 뒷걸음질하다 같은 곳을 빙빙 돌았다. 나는 본심대로 뛰어올랐다. 상방上方***에! 향해 뛰어올랐다. 그리고 나는 매달리다! 막 달았을까—그 내달으면 어디에 자기를 답지踏止****하게 하는 것인가? 아아, 나는 달음질하다.

—헤르만 카자크

* '무더기무더기'의 준말.
** '상쾌한 생각'으로 보임.
*** 위쪽의 방향.
**** '걷는것을 멈춤'으로 보임.

나는 찾았다

나는 30년간 찾았다, 누이야,
저의 숨겨 있는 집
나는 30년간 찾았다, 누이야,
그래도 저는 어떤 곳에도 있지 않더라.
나는 30년간 찾아다녔다, 누이야,
지금은 내 발소리도 쇠약하여져,
저는 어떤 곳에나 있어도, 누이야,
아직 어느 곳에서도 뵈지 않아.
때는 슬프게도 지나가, 누이야,
내 신을 잡아라, 그리고 놓아라,
석양도 어스레해져 가는데, 누이야,
지금은 내 맘도 앓아 지쳤다.
그대는 아직 젊다, 누이야,
어느 곳이든지 방황해 보라,
내 행각의 지팡이를 잡고, 누이야,
나와 같이 저를 찾아 구하여.

—모리스 마테를링크

눈

시몬, 눈은 네 귀밑같이 희다,
시몬, 눈은 네 두 무릎같이 희다.
시몬, 네 손은 눈과 같이 차다.
시몬, 네 맘은 눈과 같이 차다.

눈을 녹이는 데는 화火의 키스
네 마음을 푸는 데는 이별의 키스.
눈은 처량한 송지松枝* 위에,
네 이마는 처량한 검은머리 아래.

시몬, 너의 동생[妹雪]은 뜰에서 자고 있다.
시몬, 너는 내 눈, 그리고 내 애인.

―레미 드 구르몽

* 소나무의 가지.

주장 酒場

포도덩굴 태양을 바라고,
생명에, 상방上方에 가지 벋는 모양이여.
다만 증태* 긴 한 줌의 포도,
그나 암흑을 벗어나서 흔연히,
거품을 타 넘친다.
신생의 속삭임에, 섬요閃耀한** 세계여, 그리던 포도여,
내 망아忘我의 혈액 가운데서,
태양을 향해 더 높이 오르리라,
지지遲遲*** 노고勞苦****하는 포도수樹에 있는 것보다도.

이같이 나는 마시다,
태양의 술 그 빛난 것을.
나의 혈액 속에서 다시 넉넉한 생명을 주고,
다시 풍부한 사상과 희열과의, 의식하는 생명을 준다
그러하나, 영혼의 지평선 위에, 구극究極의 태양을 바라서,
그도 장차 고엽과 같이 멸하리라.
원컨대 신이여, 나에게 강림합쇼,
내 포도를 마신 것같이

* 정확한 의미를 알기 어려움.
** 빛이 눈을 자극할 때 일어나는 아롱거리는 현상.
*** 몹시 더디다.
**** 힘들여 수고하고 애씀.

나의 몸을 마시옵소서, 내 지금 순간에 완전한 것,
영원히 같이 살기를 위하여.

—호레쓰 호레이

대아大鴉

옛날, □ □한 깊은 밤이었다, 곤비困憊*하여 사려하며
진기한 고서를 펴서 잊은 것을 참고할 때
반은 졸려서 굽어질 때 돌연히 뚜들기는 소리를 듣다.
누구일까 아주 가볍게 똑똑 치다 나 있는 방문을.
"손인가" 하고 나는 문밖에 나섰다, "뚜들기다 내 방문을— 뚜들길
뿐이지 아무도 없다."

처량히 나는 생각한다 엄한嚴寒의 심야이라,
불타던 숯은 흩어져 마루에 그림자를 떨어트렸었다.
나는 간절히 아침을 기다리며
값없이 내 책으로 우려를 잊으려 하다—
우려는 누구 때문에, 없는 '레노아',
드물게 나타나는 선녀의 부르는 이름은 '레노아……' 세상에는 없는
이름이되 고귀하다. '레노아'

보드라운 설움, 불안한 동요, 창 바른 자견紫絹**의 속삭임에도 사무쳐
서 이러한 공포는 몰랐었다.
그러나 지금은 떨리는 가슴을 진정하고
"손인가, 왔으면 내 방문에 들어오기를 청해라!"

* 괴롭고 지침. 곤궁하고 피로함.
** 자줏빛 비단.

"손인가, 왔으면 천천히 들어오기를 바란다."
……그러나 이러할 뿐이지 아무도 없다.

(18절 중 3절만 옮김)

—앨런 포

헬렌에게

아름다운 헬렌은
옛적 니케아의 소주小舟와도 같더라
고요하고 감미로운 파로波路를, 멀리
피곤하여 수척한 사람 모양으로
고향의 연안으로 향하여.

세상 풍파에 몇 해를 흔들리며
푸른 그대의 흑발, 고신古神의 면영面影,*
수신水神의 자태야말로 이 같더라.
옛날 그리스의 자랑,
옛날 로마의 영화.
저편 광명의 창에 기대서
서 계신 이야말로 신의 어상御像.**
손 가운데 마노瑪瑙***의 촛불을 잡으신
프시케의 여신이여, 시인의
거룩한 나라로부터 오신.

—앨런 포

* 얼굴 모습. 면용面容.
** '임금의 모습'으로 보임.
*** 석영의 한가지. 보석이나 장식품으로 쓰임.

빈민의 사死

죽음이야말로 우리를 위로한다,
아아! 죽음이야말로 우리를 살린다,
이야말로 생의 목적, 유일한 희망,
월율기실아越栗幾失兒와 같이 우리의 말을 높이고, 취하게 하여,
내 날의 나중까지 용진勇進할 용기를 준다.

폭풍우의 밤에나 상설霜雪*의 아침에나,
죽음은 우리들의 어두운 천변天邊에 전전戰戰**하는 광휘,
옛 서책에 쓰인 고명高名한 여숙旅宿,—
우리들의 것을 먹고 쉬고 잘 수 있다.

죽음이야말로 천사, 그 마력 있는 손 가운데 가진 것은,
졸음과, 법열의, 꿈의 증물贈物,***
또 빈한하고 아무것도 없는 사람들의 침상을 새롭게 한다.
죽음이야말로 신의 자랑, 신비한 곳간
빈인貧人의 재낭財囊**** 저들의 옛 고향,
이야말로 부지不知의 천국의 열리는 대회랑大廻廊!

—보들레르

* 눈서리. 눈과 서리를 아울러 이르는 말.
** 몹시 두려워서 벌벌 떪.
*** 증정하는 물건.
**** '재물 주머니'의 의미로 보임.

저주의 여인들

"너희들을, 내 혼은 지옥까지 따라왔으나
나는 애련한다, 아아 나의 비참한 자매들.
너희들의 욕망은 사라지기 어렵고
너희들의 고통은 입으로 말할 수 없다,
그리고 너희들의 위대한 마음은 신성한 사랑의 골호骨壺!"*

—보들레르

《개벽》제28호, 1922년 9월.

* 화장을 한 뒤 뼈를 추려 담던 그릇. 뼈단지.

제 **7** 부 희곡 · 각본

의붓자식子息

인물

성실星實 : 23세의 단아한 여자 꿈을 보는 듯한 표정 밀짚색의 침의寢衣
를 입었음
부친 : 60세의 완매頑昧*한 노인
매妹 1 : 22세의 풍부한 육체의 소유자 유행하는 화려한 의복을 입었음
매 2 : 18세의 사랑스러운 여자
의사 1 : 34,5세의 정직을 표시하는 듯한 남자
의사 2 : 25세의 청년. 호리호리한 체격에 회색 양복을 입고 머리를 숙여
자주 삼가는 태도를 가지나 그 행동 언어 심히 민첩하여 상대자에게 감
동을 줌
여교원 : 25세의 정직을 표시하는 여자 (성실의 동무)
여하인 1
여하인 2
소동小童 1
소동 2

---

* 완고하고 우매한.

제1장

봄날 아침(3월 3일)

무대 : 얼마큼 넓은 침실을 나타냄. 그러나 문창門窓 없고 전면의 미닫이만 열어젖혀서 자못* 관柩을 옆으로 갖다 놓음.

배경 : 보이는 전면에 밀짚색의 하늘한 사장紗帳**을 늘이었다. 우右편에는 세장細長***한 대리석 침대가 놓였고 중앙에는 하얀 견사제絹絲製의 보를 씌워서 둥그런 탁자가 놓였고 그 위에는 금 쟁반과 책 한 권과 수선화의 화병이 보인다. 무대 좌편에는 벽을 의依하여 호피 위에 피아노가 놓였고 피아노 위에는 앉은뱅이꽃 광주리가 보이다. 막이 열리면 미닫이를 닫은 방 앞에 쪽마루가 보임. 소동 2 말없이 등장하여 좌우의 미닫이를 열어젖힘. 방 안에는 성실이가 침대 위에 잠자고 방바닥에 다다미 깔듯 편 황색 비로드 보료들이 아직 꺼지지 않은 전등에 찬란히 보임. 소동 2 말없이 고요히 퇴장.

---

* 꽤. 퍽.
** 비단으로 만든 휘장.
*** 가늘고 긴.

성실	(몸을 일으켜서 홀로 미소하다가 사방을 휘 둘러보고 입을 삐죽삐죽하며) 아— 또 영호英湖 씨의 꿈을 꾸었구나. 어디였든지 이 방 같지도 않고 아주 넓은 곳이었다. 하늘 위도 땅 위도 분간할 수 없이 이 세상에서는 보지 못하던 꽃이 참으로 연하게 참으로 향기롭게 피었었다. (홀연 의심하는 표정) 무엇인지 몹시 어렴풋하지만 장례의 노래가 들리는 것도 같았다. 그런 가운데서 어렴풋하게 영호 씨와 내가 마주 기도하듯 머리를 굽혔다. 아아 오늘은…… 그이가 오실지도 모르겠다. 작년같이 (침대 아래 내려서며 피아노 앞으로 가서 피아노 위에 꽃 광주리를 내리어서 맡아보며) 똑같은 꽃을 주셨으니까!
매1	(매 2와 등장) 형님 그 꽃이 영호 씨가 주신 것이요. (가까이 와서 맡아보며) 어쩌면 이렇게 좋은 향내가 날까? 지금 이런 꽃이 어디 있었을까? (부러운 듯이)
성실	궁전에. 호호 나도 몰라요.
매2	언니들도! 그것을 모르셔요? 온실에서 핀 것이라나요.
매1	어느 온실에서?
매2	그거야 누가 안담.(웃다 그치고 꽃 광주리를 들고 맡음)
매1	형님 (성실에게) 오늘부터 피아노 가르쳐주세요.
성실	그림은 어찌하고 또 피아노를 시작한대.
매1	그렇지만 영호 씨는……. (눈물 지음)
성실	그이는 그림도 좋아하실걸?
매2	둘째언니는 어제 그림 오늘 음악 내일 문학! 참 변덕도 좋으시지 아버지 말씀대로 바느질이나…….
매1	웬 참견이야 아니꼽게.
매2	언니 노했어요? (미안한 듯이)

매1	듣기 싫어. (매 2의 손의 꽃 광주리를 탁 쳐서 방바닥에 떨어침)
성실	아서요. 일껏 예물하신 것을.
매1	그럼 잘못되었나 보다. (울며) 형님도 형님이고 그이도 그이지요. 나와 약혼을 해두시고는 형님과만 편지 왕래를 하시고 또 예물을 한다 어쩐다 하니 대체 어찌되는 일인지 알 수가 없어. 오늘은 아버지께 여쭈어볼 테야.
성실	아서요. 그전부터 아는 이니까 그렇지. 그렇지 않으면 동생의 낯을 보아서 다른 사람들과 같이 내게 예물을 하는지 누가 안담.
매1	그러기에 언니는 훌륭하세요. 이 남자 저 남자한테서 편지가 오고 예물이 왔다갔다하니까 (우편으로 퇴장하면서) 아니꼽게 피아노나 친다고 그 꼴은 볼 수가 없네.
매2	큰언니.
성실	응 편지가 웬 편질까? 별말을 다 듣겠다.
매2	둘째언니가 또 오늘은 말썽을 피우려나 봐요. 엊저녁부터 잠도 안 자고 똑 미친 것처럼 야단이어요.
성실	…….
매2	그런데 언니 영호 씨는 본래 큰언니의 친구였지요?
성실	(자성하는 듯이) 내가 어찌했단 말인고. 내가 어찌했단 말인고. (머리를 숙이고 생각함)
여하인1	큰아씨. 저 마님께서 (세숫물 대야와 양치기를 들고) 큰아씨가 몸 편치 않으시다고 세숫물을 떠다드리라고 해서 떠내왔습니다.
성실	(귀치 안은 듯이)* 이 애야 물 떨어진다. 세숫물은 왜 들고 나와 그러니 누가 중병을 앓느냐.

* 귀하지 않은 듯이.

여하인1　그래도 마님께서 떠다 드리라고 하세요.

성실　그러면 염려 말고 목욕탕에 갖다 놓아라.

여하인1　그럼 좀 있다가 마님 보시는데 영감마님 눈에 띄지 않으시도록 합쇼.(퇴장)

성실　무슨 일일까.

매2　(머뭇머뭇하다가) 저어 엊저녁에 아버지께서 약주 잡숫고 오늘 언니의 생신이라고 20원을 어머니께 드렸는데 (말을 뚝 그치고 성실을 바라봄)

성실　아— 살아가는 재미를 모르겠다.

매2　참 언니. (고개를 숙여 눈물지음)

성실　어찌할꼬. 몸은 약하고 갈 곳도 없고!

매2　엊저녁에도 어머니와 둘째언니가 공연히 나를 들볶겠지요. 큰 언니의 비위만 맞춘다는 둥 말질을 한다는 둥. (흑흑 느낌)

성실　그래 어떻게 하라고 그러디.

매2　차라리 어떻게 하라고 일러나 주면 좋지요.

성실　어찌할꼬. (피아노 앞에 가 앉으며) 동생아 저 옆방에 가서 의장에 걸린 두루마기를 좀 갖다 주려무나.(가볍게 기침하고 피아노 치며 노래함)

　　　동생아 동생아

　　　찾아다오 내 방문을 (매 2 두루마기를 등에)

　　　찾아다오 내 자리를

　　　자리는 좋은 자리 이끼 아래 (또 기침)

매2　(불안한 듯이) 또 그런 노래를 하십니까?

성실　(점점 급히 연해서 기침을 하며 피아노 위에 엎드림)

매2　형님 또 피아노 아래로 피가 흐릅니다그려.

성실 오— 괴롭다. 이번에는 손에서 피가 나지 않고 목구멍에서 목구
      멍에서.

매2   오오 목구멍에서! 의사를 불러올까요?

성실 그래라 그래라.

매2   (달음질해서 마루 위를 왔다 갔다 하다 우편으로 퇴장)

소동1 (우편으로 걸어 나오며) 그러면 큰아씨는 지부地府 황천으로 가시
      려나. 마님께서 밤마다 물 떠놓고 비시더니 점점 가운데아씨 세
      상이 되어온다.

성실 (기우에서 일어나며 벌겋게 물들인 건반을 손수건으로 씻고) 이 애야.

소동1 네—

성실 나를 목욕탕까지 좀 붙들어다 다오.

      (성실 소동 1에게 붙들리어 퇴장)

      (부친 의사 1 등장)

부친 엊저녁에는 머리가 아프다고 밤들어서 선생님을 모셔오더니 오
      늘은 또 피를 쏟았답니다. 딸인지 무엇인지 어멈도 없는 딸이
      30이 가깝도록 제 아비의 속만 태웁니다. 하하하하.

의사1 그러실 리가 있습니까? 맏따님께서 그저 따님 중에 제일은 못
      되지만 아직 어리시고 재조가 용하셔서 서울 안에서 다 부러워
      하지 않습니까? 그저 너무 심려를 하셔서 자주 병석에 누우시
      는 것이 불쌍하신 일이지요.

부친 (침대 앞으로 가서 보고) 이 애가 어디를 갔나? 성실아 성실아.

의사1 (방안을 휘 둘러보다가 피아노 앞에 꽃 광주리가 떨어졌음을 보고)
      저기 꽃 광주리가 떨어졌습니다그려.

부친 (꽃 광주리를 쳐들며) 어이구 이 물, 이 애가 어쩨 이것을 그대로
      버려두었을까?

의사1	그 꽃은 아마 영호가 장래 제 부인 되시는 그 형님에게 예물한 것이지요.
부친	댁에 이런 고운 꽃이 피었습니까?
의사1	네. 영호가 자기 손으로 온실에서 길렀습니다.
부친	대단히 귀한 것이올시다그려.
의사1	천만의 말씀이올시다. 그런데 둘째따님 아니오? 제 아주머니 되실 이는 요새 무얼 하십니까? 도무지 뵈올 수가 없습니다그려.
부친	꼭 들여앉히었습니다. 그 애는 제 형과는 달라서 가정에 합당하도록 해야 하겠기로 요새는 그림 그리던 것도 그치라고 하였습니다. 제 의복은 많이 지었지요. 그 그런데 (좀 주저함) 혼례를 언제나 지낼까요?
의사1	글쎄요 댁에서 좋으신 때 하면 저희에게도 좋겠습니다. 당자는 부끄럼이 많아서 아직도 그런 말은 들은 체 만 체하지요마는 제가 무엇이라겠습니까?
부친	그러면은 이달 안으로 일을 치러버릴까요? 급한 듯합니다마는.
의사1	그러시지요. 신식 혼례야 구식 혼례와 달라서 간단하니까요. 언제든지 좋으시지요? 아마 그 일에 대해서는 제 안으로서도 부인께 의논할 듯합니다. 매우 가까우신 터이니까요.
성실	(심히 설운 표정으로 등장)
부친	이 자식아 좀 어떠냐?
의사1	두통은 없으십니까?
성실	무엇인지 머리가 서늘한 것 같아요. 그리고 조끔 전에는 공연히 목에서 피가 나왔어요.
의사1	하하 (깨닫는 바가 있던 듯이) 그 안 되었습니다그려. 그런데 혈색은 어땠습니까?

성실   (괴롭고 귀치 안은 듯이) 모르겠어요.

부친   그그 저 애 모친이 피를 쏟는다 어쩐다 하더니 저도 닮아서 그런 것이로군. (혼잣말같이)

의사1   (놀라는 듯이) 부인께서도 그러십니까?

부친   아니요 저 애 어머니야 어디 있습니까?

의사1   하하 깜짝 잊어버렸습니다. 그러 그렇겠습니다. 성실 씨 그럼 시방 보아드릴까요?

성실   네. (침대 위로 올라가며 두루마기를 벗어서 한편에 놓다)

의사1   (가방에서 체온계를 내여서 흔들다)

       (무대 한참 고요함. 부친 의사 1 침대를 가리어서 진찰함)

의사1   (진찰을 마치고) 과하지는 않습니다. 시방이라도 치료만 잘했으면 염려 없습니다.

부친   네. 그러면 아직 다른 사람에게 전염된다든지 그런 염려는 없습니까?

의사1   글쎄요. (가방을 접음) 혹이 또 저를 부르시려면 저는 오늘 또 문밖에를 나가니까 제 대신 영호를 불러주십쇼.

부친   그러지요. 감사합니다.

       (의사 1 퇴장. 부친 성실 전송함)

부친   그러기에 그 피아노인지 무엇인지 고만두라니까. 엊저녁에도 공회당에서 그 짓을 하고 오늘은 저 모양으로 앓으니 (성실 침대 우에 엎드림) 제일에 새 사돈댁이 부끄럽다 어디 꼴이 되었느냐? 저런 병신을 누가 데려갈 리도 없겠고 딸이라니 늘 부모하고 같이 있는 법도 아닌데 네 몸을 네가 돌보아서 앓지 않을 도리를 해야지 낸들 어찌하란 말이냐 의사의 비용인들 적으냐.

성실   (엎드려 느낌)

부친	그리고 이를 때 한꺼번에 일러두는 말이다마는 영호로 말하면 네 동생의 남편 될 사람이 아니냐? 그런데 (좀 주저함) 이를테면 너무 지나치게 친하게 지낸단 말이야. 너희끼리 먼저 사귀었더라도 영호 아주머니와 너의 시방 어머니가 정해 놓은 것을. (성실 흑흑 느낌)
성실	아버지 아버지 너무하십니다. 그렇게까지 말씀 안 하셔도 다 알아요.
부친	아는 일을 왜 그렇게 실수를 한단 말이냐?
성실	저는 아무런 일도 하지 않았습니다.
부친	고만두어라. 듣기 싫다. 그럼 네 어머니와 동생이 거짓말을 한단 말이냐? (스르스름 퇴장)
여하인2	(등장) 아이고 아씨 또 우시네. 아씨 동무 학도 상이 오셨습니다.
성실	이리로 들어오시라 해라. (일어나며 눈물을 씻음)
여교원	(등장) 성실 씨 왜 어디 편치 않으시오?
성실	용서하시오 이 꼴을 보여서.
여교원	또 우셨구려. 그저 눈물의 골짜기를 걸어가시오. 그 가운데서 성실 씨의 예술이 배양될 것입니다.
성실	세라 씨 저는 참으로 울기에도 싫증이 납니다. 제 온몸은 제 눈물에 다 녹아지는 것 같습니다. 저는 이제는 살 수가 없습니다. 마치 온대의 생물이 한대로 옮겨져서 늘 사모하던 온대의 사랑을 다시 안 이후로는 또다시 한대에서 살 수 없는 것같이.
여교원	성실 씨 시방 이리로 오다가 영호 씨를 뵈었습니다. 그런데 아주 신색이 말이 못 되었어요. 저를 보았는지 못 보았는지 그대로 머리를 숙이고 지나가시는데 몹시 번민하는 이 같습니다. (성실의 안색을 살핌)

성실　　(말없이 머리 숙임)

여교원　그런데 성실 씨의 설움은 그로 원인된 것이 아닙니까? 언제 말씀하신 것도 들었지요마는, 저는 작년 가을에 제가 가르치는 학생의 집 이층에서 내려다보다가 그 집 후원 울타리 밖 길에서 성실 씨와 영호 씨가 서로 가다가 마주쳐서 몹시 머뭇머뭇하고 어려워하시는 것을 본 일이 있습니다. 그때 두 분의 얼굴이 파랗던 것 저는 시방도 잘 기억합니다. 감격해서 죽는다는 것은 그러하던 당신들의 지난 때를 말하는 것이 아닌가 합니다. (무서운 것을 보는 것같이 진저리를 침)

성실　　세라 씨! 제 가슴이 찢어지는 것 같습니다. 저는 그 조금 전부터 세상과는 딴 생각을 가지게 되었습니다. 참말 사랑은 세상에 드물게 있는 것으로 알아졌습니다. 세상에 자주 있는 소위 사랑이라는 것은 육적 충동과 호기심 만족에 불과한 것으로 피하지 않으면 안 될 것으로 생각했습니다. 그러기에 저는 결혼을 꺼립니다.

여교원　그렇습니다. 그러나 그 생각은 사라지지 않을 수 없습니다. 그가 당신을 이 세상에서 멀리하는 것입니다.

성실　　그럼 세라 씨는?

여교원　그런 생각은 세상에 의붓자식이외다. 그는 참을 수 없는 영육이 합일치 못하는 아픔이외다. 저는 일찍이 궁글어진 생활을 유지하기 위해서 그 실은 제가 애타게 구하던 사랑을 이 입으로 이 손으로 거절하였습니다. 성실 씨 그 후로는 모든 부랑한 이들과 부끄럼 없는 이들과 광인들과 걸인들까지도 조금도 알지 못하는 사람들로는 볼 수 없어졌습니다. 성실 씨 저는 매일 밤마다 그런 이들이 헤맨 길거리를 찾아다녔습니다. 아무 곳에서도 저는 그를 다시 찾을 수 없었습니다.

성실   (몸서리를 치며) 오— 얼마나 무서운 말씀이십니까? 그 알지 못하는 이는 자기의 이성으로 자제하려고 하지는 않았습니까?

여교원   그이는 영호 씨와는 딴 사상을 가졌었습니다. 그이는 무엇이든지 체험하여 가려고 하던 이었습니다. 영호 씨는 그이와 달라서 무엇인지 먼저 알고 입을 다무는 이가 아닌지요.

성실   네 그렇습니다 그렇습니다. 그이는 결코 말하는 이가 아닙니다. 그리고 무엇이든지 모르는 이가 아닙니다. 그의 날카로움은 고요하면서도 무서운 큰 힘을 가졌습니다.

여교원   성실 씨 모든 인생은 움 돋아나온 사랑의 힘의 동그라미 안에서 몸을 맞추도록 벗어날 수가 없는 것이 아닐까요?

성실   그렇습니다 그렇습니다.

여교원   그러나 성실 씨 그는 얼마나 예절을 좋아하고 우둔함을 꺼리고 용서라는 것을 모르는 것일까요.

성실   사랑을 말씀하십니까? 그래서 세라 씨가 거절한 그이는 두 번째 당신에게 돌아오지는 않았습니까? 그 후로는 다시 만나지도 못하셨습니까?

여교원   그 후에도 만나기는 만났습니다. 그러나 사랑에 애타서 애소하던 아름다운 그이는 다시 볼 수 없었어요.

성실   그러나 세라 씨 우리는 어떻게 그같이 짧은 사랑을 자신의 실생활 위에 머무르게 할 수가 있겠습니까? 그는 마치 추위를 닫힌 유리창에서 그 화사華奢한 빙화를 부젓가락으로 긁어내서 본다는 것과 같은 일이 아닐까요? (여교원 성실 극히 번민함같이 보임)

여교원   우리는 자기의 사랑을 실생활에 이끌어서 이용할 수는 없다 하나 또 그러지 않을 수도 없습니다.

성실	그러나 우리는 우리의 실생활에서는 우리의 사랑을 잃어버렸습니다. 이미 다른 사람의 생활에 붙여진 것을 다시 찢어서 돌려오려면 얼마나 그 아름다움을 손損해야겠습니까?
여교원	(한숨) 그러기에 불행한 우리들은 지나온 우리의 귀한 시간을 붙들어 영원을 건설하고 우리의 육체로 그 가운데 수도니修道尼같이 생활케 해야겠습니다. 그리고 그 생활을 자기의 행복으로 알 수밖에 없습니다.
성실	(한숨) 단테는 그러한 이의 왕이지요.
여교원	(자문자답하듯) 그러한 생활에 안정을 얻을 수가 늘 있었으면 좋겠지. 그러나 단테에게도 그 영원한 사랑을 대표한 이에게도 두 사생아가 있었다. 그 육신이 나은 조반니 그 정신이 나은 돌노래. (하품)
성실	세라 씨 저는 단테의 『신곡』보다는 레오나르도 다빈치의 「모나리자」가 사실이 희미해서 좋습니다.
여교원	극히 이지적이면서도 신비스러운 것 말씀이지요.
성실	네. (괴로운 듯이 두 손으로 가슴을 움켜잡고) 용서합쇼. 어찌 곤한지요. 연일 복습을 했더니 오늘 아침에는 토혈까지 했습니다. (침대 위에 눕다)
여교원	그럼 누우십쇼. 그렇게 괴로우신 줄을 모르고 이야기를 많이 하시도록 했습니다그려.
성실	(침대 위에 누우며) 용서합쇼. (가볍게 기침하다가 점점 급하여짐)
여교원	(품에서 시계를 꺼내 보고) 그럼 치료 잘하십쇼.
성실	(작은 음성으로) 언제나 또 뵈올 수가 있으리까.
여교원	(작은 음성으로) 또 오지요.
성실	언제라십니까 세라 씨.

여교원	성실 씨 너무 비탄하지 마십쇼. 또 오지요.
성실	(몸을 일으키려다가 기침함) 오 괴로워요. 일어날 수 없습니다그려.
	이대로 실례합니다. 부디 안녕히…… (기침에 말을 마치지 못함)
여교원	너무 서러 맙쇼. 또 쉬 오지요. (우편으로 퇴장)
성실	세라 씨 세라 씨. (몸을 일으키며) 잠깐만 기다립쇼. 벌써 가셨
	다. (팔로 얼굴을 가리고 다시 눕다) 몹시 아득거리게 하던 때는
	갔다. (혼잣말함)
여하인2	(밥상을 이고 등장 좌편 쪽 마루에서 걸어 나오며) 네기 땀나라 오
	늘은 서편에서 해가 떠오르지도 않았는데 웬일일까? 노— 식은
	밥 데운 것만 드리던 아씨를 급히 한상 차려드리라니 참 그야말
	로 생일 쇠시겠군. (미닫이 앞으로 와서 어깨를 쭈뻣하고) 아씨 아
	씨, 진짓상 내왔습니다.
성실	거기 놓아라.
여하인2	거기가 어디랍쇼?
성실	아무데나.
여하인2	(상을 내려놓으며) 아이고 아씨 또 우시네. 저러지 말고 출가라도
	하시지. 밤낮 우시랴 앓으시랴 아씨 다 닳아빠지겠네.
성실	무엇이라니? (침대에서 일어나며 위엄 있게)
여하인2	아이고 아씨 노여우셨네. 이다음에는 아니 그러오리다.
성실	이애. 그렇게 말을 함부로 하면 못쓴다니까.
여하인2	아씨께서 노* 앓으시니까 출가나 하시란 말씀이외다. (얼굴을 돌
	리고 비웃음)
성실	점점 말답지 않은 말만 하는구나. 어서 들어가거라.

| * '늘' 의 의미로 보임.

매2   (달음박질 등장) 형님 왜 그러십니까?

성실   저 애가 내 감정을 상해서 그런다.

매2   이 애 버릇없이 왜 그래 주책없는 년! (성실에게) 형님은 너무 말없으시니까 저런 것들이 딴 세상 사람같이 여기고 그래요.

여하인2   (심술 난 듯이 퇴장하면서 우편 마루 끝에서) 온 언! 신식 개화한 아 씨라고 짜증이나 낼 줄 안담. 짜증이야 누가 낼 줄 몰라? 짜증을 내려면 계모 양반께나 내보지 공연한 어 양반더러 왜 그러시어.

매2   형님 그까짓 것들의 말을 탄하지** 마셔요.

성실   그런 것이 아니라 내 생활이 너무 참혹해서 그런다.

매2   그러니 어떻게 하우. 어서 염려 마시고 진지나 잡수. 언니나 내 나 다 어머니 없이 자라나는 탓이지요.

매1   (먼저와는 다른 표정으로 등장. 그러나 매 2에게 시선을 주지 않음) 형님 좀 어떠세요? 아침에 제가 잘못했으면 용서해줍쇼. (부끄 러운 듯이 고개를 숙임)

매2   (성실의 얼굴을 살핌) 새삼스럽게 (비웃음)

성실   (잠깐 무언) 왜 그러냐?

매1   형님 내 지금껏 너무 형님께 버릇없이 굴었습니다. 오늘 자성해 보니까 얼마나 부끄러운지요.

성실   그래 지금이 제일 좋은 때라고 동생은 내게 왔나?

매1   아니요 이렇게 형님 앞에 뉘우치기는 좀 늦었다고 생각합니다. 그래도 안 그러는 것보다는…….

성실   아니다 동생은 그 대가를 받고자 하는 것이다. 동생은 평시에 교만하고 부끄럼 없던 것을 이런 때 이용했어야 할 것이다. 언

| ** 남의 말을 맞잡아 따지고 나서다.

제든지 사람은 제3자에게 자기가 누릴 행복을 구하여서는 옳지 않다. 어느 때든지 제3자는 방해자가 아니면 무능력자이니까.

매1 그러나 형님이 아니십니까? 형님은 내 일에 대해서 제3자란 그런 냉정한 지위에 앉아 계실 수는 없지 않으십니까?

매2 언니는 어머니 되시는 제일 튼튼한 후원자가 계시지 않으십니까?

매1 (매 2에게 눈 흘기고) 너는 참견 없다.

여하인1 (급히 등장) 작은아씨 들어오시랍니다.

매2 누가?

여하인1 영감마님께서요.

매2 거짓말이다. 영감마님께선 벌써 출입하셨다. 큰형님을 그대로 두고 들어갈 수는 없다.

매1 내가 있지 않으냐? 동생은 마찬가지다.

여하인1 급히급히 들어오시래요. (성실에게) 큰아씨 작은아씨더러 들어가라십쇼. (퇴장)

성실 동생아 되어가는 일을 그대로 둘 수밖에 없다. 들어갔다가 나오너라. (매 2 입을 비죽비죽하며 퇴장)

매1 저어 형님 사람이 행복하고 안한 것은 사람의 임의로 못하지요. (천천히 머뭇머뭇 말함)

성실 글쎄 낸들 알 수 있나! (밥상 앞에서 식사함)

매1 만일 어떤 사람이 한 이성異性을 상사想思해서요, 어쨌든지 그 이성이 아닐 것 같으면 행복을 못 얻겠다고 달떠질 때 그 이성이 갚아주지 않을 경우에는 그 어떤 사람은 영원히 행복을 못얻을 것이 아니오니까?

성실 그 어떤 사람은 눈이 더 밝아질 수가 있겠지.

매1 눈이 밝아지다니요?

성실	그 자신과 상대자를 분명히 볼 수가 있겠지.
매1	그럴 것 같으면 제가 영호 씨를 원한 것은 눈이 밝지 못한 일이지요.
성실	동생이 그 일에는 지혜를 많이 가졌을 것 같아도…….
매1	형님, 저는 요새 이 큰 번민 가운데 빠졌습니다. 저는 천치가 되었습니다.
성실	(밥숟가락을 놓고 한숨) 그럼 영호 씨는 동생과 약혼한 것을 처음부터 찬성 안 했더란 말인가. (혼잣말같이) 그럴 일도 없을 듯한데…….
매1	영철永哲 씨의 부인과 어머니와 합의해서 그랬다나봐요.
성실	그러면 동생이 어머니께 졸랐나?
매1	(말없이 머리 숙임)
성실	그런데 영호 씨가 동생에게 대한 태도는 어떤지?
매1	길에서 만나도 모른 체하셔요.
성실	(생각함)
매1	그이는 부모 없이 그 아주머니 손에 자랐기 땜에 아무런 명령일지라도 다 들었대요. 그런데.
성실	아— 그이는 오랫동안 가슴에 복받쳐 오르는 반항을 참았다.
매1	(소리쳐 느낌) 형님 제게 지혜智慧를 빌려주시오. 저는 이 1년간은 영호 씨를 생각지 않고는 제 행복을 꿈꿀 수는 없었습니다.
성실	(생각함)
매1	영호 씨는 그 아주머니의 말은 안 들어도 형님의 말은 들을 것이외다. 영호 씨를…… 내게……. (느낌)
성실	(생각함)
매1	형님의 말이면 그이는 들을 것이외다. 영호 씨를 내게로 전하여

	주시오. 형님 같은 병 앓는 이는 그를 행복하게 할 수 없습니다.
성실	(입을 감쳐물고) 나는 영호 씨를 내 소유로 알지는 않는다. 그는 절대로 큰 힘을 가진 한 사람이다. 나는 그를 좌우할 모책謀策을 쓸 수가 없다.
매1	그런 형님이면 다만 두고라도 나와 약혼한 영호 씨를 빼앗지 않는다고만 약속하여주시오.
성실	그것은 용이한 일이다. 나는 영호 씨와 약혼치 않을 것이다. 결혼생활, 육적 관계는 내게 큰 금물禁物이다.
매1	그러실 것 같으면 형님은 동생을 위하여 이같이 애타게 구하는 보수를 얻어주시는 것이 좋지 않습니까?
성실	나는 동생의 연애문제에는 제3자이다. 그리고 무능력자이다.
매1	그러면 형님은 이 동생에게 조고만 지혜知慧도 빌리지 않으시고 노력도 안 써주시겠습니까?
성실	나는 무능력자이다.
매1	아아 그러면 나는 형님을 천대 만대 저주할 수밖에 없습니다. 사람이 이렇게 곤궁하여졌을 때 조고만 힘도 안 빌린다는 것은 인정이 아니외다.
성실	나는 네 연애 혹 결혼 문제에는 방해자는 아니나 무능력자이다. 다만 네 눈이 더 밝아지고 네 귀가 더 밝아지기를 바랄 뿐이다.
매1	나는 장님이나 귀머거리가 아니외다.
성실	너는 고요히 너 홀로 생각하면 내가 말하지 않아도 다 알 것이다.
매1	나는 그런 불안한 생각을 하려고는 아니합니다.
성실	먼저도 말했거니와 자기가 누릴 행복은 자기가 얻어야 할 것이다. 제3자에게 구할 것은 아니다.
매1	세상이 다 캄캄하여진다. (분한 듯 낙담한 듯)

여하인2 (등장) 큰아씨 진지 다 잡수셨어요? (밥상을 들고) 가운데아씨
       마님께서도 생각이 있다고 들어오시랍니다. (매 1 하인 2 퇴장)
       (무대 잠깐 고요함. 성실 번민하는 듯이 엎드렸음. 무대 뒤에서 매 2
       의 울며 부르짖는 소리 들림. 50녀의 꾸짖는 소리도 들림.)

성실   (머리를 쳐들며 귀를 쳐들며 귀를 기울이고) 저 소리는 동생의 울
       음소리다. (눈물 지음) 세상에는 저렇게 아프게 부르짖는 사람들
       뿐이다. 얼마나 무서운 일일까? 아아 저렇게 아프게 부르짖을
       때엔 몹쓸 매를 맞나보다. 조물주는 확실히 무책임하다. 인간이
       모든 책임을 지고 갈 수밖에 없다. 모든 것은 사람으로부터 시
       작하였다. (기침 다시 방바닥에 엎드림. 기절함. 무대 뒤로 사람 때
       리는 소리 들림)

부친   (등장. 외출하였던 모양으로) 저 애가 (어깨를 쭈뼛쭈뼛하고 무시무
       시함을 보임) 죽어 넘어졌나? 저것 (아주 무서운 듯이 걸어가 서서
       성실의 몸을 흔들어 봄) 아이고 이 애가 정말 죽었구나. 폐병이란
       이렇게 속히 죽는 것인가. 젊은 것이 가엾기는 하다. 그러나 내
       게 섭섭할 것은 없다. 제게는 내가 야속하게 한 일이 없으니까.
       (다시 성실의 몸을 흔들고 무시무시한 듯이 가슴을 짚어보고) 아직
       온기가 있다. (급히 무대 끝으로 걸어 나오며) 이 애들아!! 이 애
       들아!!

여하인1 (우편으로 등장) 네 부르셨습니까?
소동1   (좌편으로 등장) 네 부르셨습니까?
소동2   (좌편으로 등장) 네 부르셨습니까?
부친   큰아씨가 기절하셨다. (소동 2에게) 의사를 불러 오너라. (소동 1
       에게) 더운 물을 끓여오너라.
       (여하인 1에게) 너는 이리로 와 아씨를 붙들어 상 위로 올리자.

(소동 1, 2 퇴장. 부친 두 팔을 여하인 1 두 다리를 쳐들려 함. 성실 몸을 비꼬며 소리쳐 부르짖음)

성실   동생아 얼마나 아팠니? 용서해라 나는 가서 말리지 못했다. 동생아 인생이란 그렇게 아픈 것이다. 기름이 말라서 등불이 꺼지기 전에 우리는 돌아가자. 거기는 자비하신 어머니가 기다리신다. 손을 다오. 손을 다고. 오오 안 믿는다. 어찌하랴 우리들의 사이에 구지레한 때가 격하여 골짜기를 지었구나.

(부친 여하인 1 간신히 성실을 붙들어 침대 위에 누임. 성실 가위눌린 것같이 고요하여짐. 부친 성실의 머리 편으로 우두커니 섰고 여하인 발치로 혼도할 듯이 섰음. 매 2 얼굴에 상처를 받고 등장)

매2   아버지. (심술 난 듯이)

부친   왜 그러니 웬 암상이 일어났느냐?

매2   나는 인제 참을 수 없습니다.

부친   무엇을 못 참겠단 말이냐?

매2   아버지는 장님이로구나. (혼잣말같이 부르짖음)

부친   이년 버릇없이.

매2   아버지 아버지 내 얼굴을 못 보십니까?

부친   울어서 부었구나. 집안이 망하려니까 계집애가 울기는 왜 밤낮 울어. 옷이 없니 밥이 없니?

매2   아버지는 장님이로구나. 아이고 답답해라. 나는 인제 살 수 없다. (소리쳐 울음)

부친   허허 이것 내가 늘그막에 죄를 받나보다. 남의 집 과부를 얻어서 딸 둘을 낳아 데려왔더니 하나는 병신 하나는 독사 같은 년. 또 마누라는 마누라대로 벌써 18년 전 자살해 없어진 시앗을 못 먹어 내게 야단. 허허 이것 내가 죄를 착실히 받는 걸.

매2　아버지 무엇입니까. 자식 앞에 부끄러운 줄도 모르고. 아버지는 우리 어머니를 죽였지요. 남의 부잣집 과부를 속여서 두 번이나 아이를 배게 하고. 그리고 어머니가 죽으니깐 그 자산을 다 가져다가 둘째언니 모녀만 넉넉히 쓰도록 하시고, 우리는 먹든지 굶든지 매를 맞든지 눈을 흘기우든지 모르지 않으셔요?

부친　허허 요년이 점점 악독하여가는구나. 제 어멈도 독한 계집이었다. (성실 정신을 차린 듯이 일어남)

성실　우리 앞에서 어머니를 욕하는 것은 그쳐주십쇼. 우리에 대해서 우리 모친은 우리의 고향이고 사랑입니다.

(다시 드러누움. 5분간 고요함. 의사 2 고요히 천천히 등장. 부친 기가 막힌 듯이 섰다가)

부친　영호 군 오랜만일세그려 어째 그 저간에 한 번도 볼 수 없었나?

의사2　네 그 저간 안녕하셨습니까? 무엇하는 것 없이 그리되었습니다.

매2　(눈물 씻고) 선생님 안녕하셨습니까?

의사2　탄실彈實이 공부 잘했소?

성실　(몸을 일으키려다가 탁 쓰러지며) 용서합쇼.

의사2　병인病人이 일어나실 수 있습니까? (진단 가방을 열며 성실의 침대 앞으로 가서 떨리는 음성으로) 좀 어떠십니까? (성실 아주 괴로운 듯이 말하지 못함)

여하인1　아씨께서 조금 전에 기절을 하셨어요.

의사2　(주사함) (주사를 맞히고) 탄실이 왜 이렇게 되도록 내게 알리지 않았소?

매2　아침에도 관계치 않았는데 아마 몹시 놀라셨나봐요. (의사 2 가방을 접어 탁자에 놓음)

부친　그 애가 폐병을 앓아서 그렇지.

의사2	그렇기도 하겠지만 몹시 쇠약하셨습니다.
소동1	(좌편 끝에서) 네기* 벌써 끓여가지고 나올 것을 (물주전자를 보이며) 마님 땜에 늦었네. 사람이 죽어간다는데 요것 해라 조것 해라 심부름만 하라니 물을 끓일 수가 있었나. (무대 앞으로 걸어 나오다가 어깨를 쭈뼛하고) 노란 병 든 의사가 오셨네. 저이가 가운데아씨 신랑 되실 인가. 신부는 절구통 같고 신랑은 빵대 같담. 큰아씨나 작은아씨 같으면 좋지. 큰아씨는 제비 같고 작은아씨는 꾀꼬리 같은데 하필 절구 부인이 좋을까?
부친	이 자식 주절거리지 말고 속히 가져오너라.
소동1	(물주전자를 갖다가 탁자 위에 놓고 퇴장)
매2	(의사 2에게) 형님께 더운 물을 따라드릴까요?
의사2	빨간 포도주가 좋지요.
부친	(여하인 1에게) 이 애, 네가 가서 찬장에 있는 포도주를 가져오너라. (여하인 1 퇴장)
매1	(성장盛裝하고 등장 의사 2에게 정성스럽게 머리 숙임 의사 우두커니 이침二寢만 바라봄)
여하인1	(포도주를 가져옴)
의사2	(포도주병을 받아들고) 컵이 없습니다그려.
여하인1	(달음박질 퇴장)
의사2	컵 가져오거든 이 방이 조용하도록 병자만 남겨놓고 다 나가셔야겠습니다. 가벼운 병이 아니니까 좀 주의시킬 말이 있습니다.
부친	그러지. (천천히 퇴장. 매 1 퇴장. 매 2 퇴장하려다가 멈칫 섰음)
여하인1	(컵을 가져오고 퇴장)

---

* 원문에는 '네기'로 되어 있으나 '내가'의 오식인 듯.

의사2	(컵에 포도주를 따름)
매2	형님에게 술을 드리십니까?
의사2	탄실 염려 마오. 형님을 주정꾼을 만들지 않을 터이니. (미소) 이것 마십쇼. (성실에게 줌)
성실	(떨리는 손으로 받음)
의사2	(다 마시기까지 바라봄. 매 2 안심한 것같이 퇴장) 성실 씨 어찌하셨습니까? 엊저녁에 그렇게 몇 천 사람을 느껴 울리던 힘으로 오늘 웬일이십니까?
성실	불쾌했습니다. 왜 그렇게도 불쾌했는지요.
의사2	또 집안에 파란이 일어났었습니까? 탄실의 뺨에 상처가 심하지 않습니까?
성실	저는 아직 모릅니다. 아까 어떻게 했었는지 생각이 잘 안 납니다. 부실富實이와 무슨 의논을 하던 것밖에 생각이 나지 않습니다. (혼잣말같이) 그것도 무슨 말을 했던지요.
의사2	성실 씨 일전에 내가 편지한 것과 같이 자기가 사랑하는 사람이 아니면 자기를 위해서 죽는대도 문제가 아니지요.
성실	(일어나며) 인제야 정신이 좀 납니다. 그러나 저는 영호 씨의 편지를 받아본 일이 없습니다.
의사2	(얼굴을 숙임)
성실	어떻게 하셨는지. (머리 숙여 생각함)
의사2	성실 씨 요사이 제게 이상한 감정을 가지시지 않으셨습니까?
성실	1년 전부터 그런 일을……. (부끄러움)
의사2	참 둘이 다 동경서 지날 때엔 기꺼웠지요.
성실	에— 참 그때는 공일날마다 기숙사에 오셨지요 그 뒤잔등만 부옇게 된 교복을 입으시고요.

의사2	저는 그땐 토요일이면 잠을 못 자고 좋아했어요. 종다리를 찾아서 구름 위에나 올라가는 것같이 그 기숙사 옆길에 벌써 들어서면 성실 씨의 피아노 소리가 들렸지요. (피아노를 가리키며) 그때도 저 피아노였지요.
성실	에― 그때 저는 피아노 치고 영호 씨는 다른 학생들과 술래잡기하셨지요. 얼마나 몸이 빠르셨는지요. 한 번도 범은 안 되셨지요. 그러다가 나중에는 속아서 한 번 되셨지요.
의사2	그때 성실 씨는 사람이 나쁘시던 것― 지금도 저 혼자 웃어볼 때가 있어요. 그때 어찌했습니까? 자백해보시오. 에이 성실 씨.
성실	무얼요. 무라카미 상이 눈을 뜨고 숨으시오는 것을 보았지요.
의사2	네 잎 클로버 찾기 내기할 때도 안 속이셨소?
성실	호호.
의사2	하하 내가 따놓은 것을 그때 어떤 가느다랗고 긴 손이 와서 집어갔지요. 그리고 언제는 또 당신이 네 잎 클로버를 많이 따서 책갈피에 말리었다가 동무들에게도 나누어주고 무라카미 상의 오라버니에게까지 주었다가 뜻 있는 것이라니깐 대경실색大驚失色하셨지요.
성실	그땐 저는 아무것도 모르는 천치였지요.
의사2	시방은? (성실 의사 2 머리 숙이고 웃다가 점점 슬픈 표정으로 변함) 저나 당신같이 쓴 생활 가운데도 한때 기꺼움은 있었지요.
성실	네. 가냘픈 그림자같이요.
의사2	제가 성실 씨를 뵈온 것은 음악 절계節季였지요. 그 곡조는 무엇이든지 오라 그것은 슈만의 사육제의 희롱이었지요.
성실	그 가운데는 영호 씨와 같은 고독한 영혼이 번잡한 길거리를 걸어가지요.

248

의사2	당신과 같은 그림자가 지나기도 하지요! 그때부터입니다. 내의 고독을 향락도 못하게 된 것이⋯⋯.
성실	같은 말씀을 몇 번 하시는지요? (잠깐 고요함)
의사2	나는 참 성실 씨의 의사로 왔습니다.
성실	⋯⋯미움이 조금씩 다른 사람들의 세상에 영생을 주려고 의사로 오셨습니까?
의사2	기다리시지요. 나는 시방 우리의 지나온 뒷길을 한 번 더 돌아다보아야겠습니다. 3년 전 이맘때였습니다. 성실 씨를 크신 뒤로 처음 뵙기는 그때였습니다. 음악회를 마치고 돌아오시는 길에 무라카미 상의 소개로 나와 인사를 하고 세 사람이 그 우에 노 공원을 지나올 때 빨간 동백꽃이 많이 떨어진 것을 보고 무라카미 상은 연애하는 처녀 같다고 하니까 당신은 연애란 추악한 것이라고 앵둣빛 같은 얼굴을 숙였습니다. 그래서 나는 내 생각과 같은가 안 같은가를 알아보려고 어째 그러냐고 물었더니, 어두워지니까 마비魔痺해지니까 라고 하셨습니다. 그때 나는 용기를 훨씬 내어서 무엇으로 그런 줄을 아느냐고 물었더니 대답지 않으셨습니다. 그 후로는 매 공일 성실 씨를 심방하게 되었습니다. 그러나 성실 씨는 내게 아무 이야기도 하지 않았습니다. 오히려 내가 너무 친절히 할까봐 겁을 내셨습니다. 그리고 아무런 일이 있어도 한 공일에 두 번은 만나주시지 않으셨습니다.
성실	저는 제 행동에 아무 의미를 가지지는 않았습니다. (먼저와는 다르게 극히 이지적으로 보임)
의사2	당신은 그런 어려운 표정을 짓지 않으실 때가 오겠지요. 성실 씨는 즉금卽今*도 그때 맘을 조금도 변치 않으셨습니다그려, 저

는 성실 씨의 의사로 왔습니다. 성실 씨는 전지轉地**하셔야 될 것이외다. 빨간 동백꽃이 떨어진 것을 연애하는 처녀로 보지 않는 곳으로. 사람들이 각종의 아름다움으로 기분 따라 변하는 곳으로, 마비魔痺란 것과 어두움을 모르는 곳으로, 미워하는 이 세상을 위해서는 한마디 풍설도 남기지 않고 가서야 할 것이외다.

성실 내 가슴에 미동하는 병균일지라도 남기지 않고 가겠습니다. (엎드려 흑흑 느낌. 의사 2 포켓트에서 가루봉지를 꺼내서 손 빠르게 컵에 넣고 포도주를 따름)

의사2 때가 지났습니다. 이것을 마시고 주무십쇼. 그러면 이 경성 안에서는 다시 못 뵈옵겠습니다. 새로운 땅에서 다시 뵈옵시다.

성실 이리 주십쇼. 이리 주십쇼. (컵을 받아서 주저 없이 마심) 저는 먼저 갑니다. 영호 씨이······.

의사2 안녕히 주무십쇼. (급히 퇴장) 곧 가겠습니다.

성실 가서 기다리겠습니다. (침대 위에 사지를 주욱 펴고 바로 눕다) (천천히 막)

《신천지》 제3권 제7호, 1923년 7월.

---

* 이제. 곧.
** 거처나 근거지를 바꾸어 옮김.

두 애인
(1막 4장)

인물

주인 | 26세의 후덕스러운 청년
아내 | 20세 내외의 꿈꾸는 듯한 눈동자를 가진 청초한 여자
유모 | 50세 내외의 인자한 여인
침모 | 평범한 30세 내외의 서울 여자
그 외의 차부, 방물장사, 행랑어멈, 수인

시절 : 봄날 오후

무대 : 막이 열리면 화려한 중류 이상 가정 대청의 중앙 둥그런 탁자 위에는 살구 꽃병이 놓여 있으며 좌우 옆에 벽을 의지하여 책을 가득가득 담은 책상들이 가즈런히 놓여 있고 동편으로는 큰방으로 가는 미닫이 덧문이 보이고 서편으로는 건넌방에 들어가는 미닫이와 둥그런 들창이 있다. 그 외에 뜰 아래로 중문과 부엌문도 있다.

대청 너머로 보이는 후원에는 살구꽃과 개나리가 난만히 피어 있으며 멀찍이 테를 잡은 벽돌담 밑에는 드물게 선 수양이 푸른 실을 느럭느럭 흔들고 봄새의 지저귀는 소리조차 노곤하다.

침모는 총채를 들고 책장과 탁자와 미닫이를 부지런히 털고 다니고 주인은 조선옷을 입고 탁자 가를 슬리퍼도 신지 않은 채 미심한 일이 있는 듯 거닐고 있다.

주인   그래 아씨 말씀이 이제부터는 안잠자기도 두지 않는다고?
침모   네. 그런 비용으로 더 공부하실 책을 사시든지 사회사업을 하신

다고 하시면서 저더러도 마땅한 곳을 구해서 나가라고 하시어
요.

주인   그러면 살림살이를 손수 할 터이라나?

침모   그야 유모가 아직 늙지 않으셨으니까 그를 믿으시는 모양이시
지요.

주인   그렇다 하더라도 내 의복은 어찌할 모양인고? 자기는 여학생
기분을 버리지도 않고 공부할 생각만을 가지고 있으면. (조끼 주
머니에서 담배를 꺼내 붙인다)

침모   아마 나리께서는 양복만 입으시도록 하실 모양이신가 보아요.

주인   (한심스러운 얼굴로 담배를 피우며 말없이 탁자 근처를 거닐고 있다)
(대문 열리는 소리가 나자 처녀답게 청초한 복장을 한 아내가 조용히
들어온다)

주인   (반갑고 놀라운 얼굴로) 아— 기정이 어디를 갔다 오시오?

아내   (주인의 말에는 대답 없이 대문 밖을 내어다보고) 차부 그 책을 이
리 들여다주. (명령한 후 천천히 댓돌 앞으로 걸어간다)

차부   (책을 한 아름 들고 들어와서) 어디 놓으랍쇼?

주인   (관후한 얼굴로) 응 책인가 이 마루 끝에 갖다 놓아주게.

차부   (책을 마루 끝에 놓고 땀을 씻으며, 사치한 집 장식을 돌아다본다)

주인   어디서 오는 길인가?

차부   종로에서 옵니다.
(주인은 포켓에서 돈을 꺼내 차부를 주니 차부 절을 하며 받아가지
고 나가버린다)

아내   (차부가 돈 받아가는 것을 댓돌 위에 서서 바라보다가 말없이 구두를
벗고 건넌방 문 앞을 바라보며) 침모 저기 있는 슬리퍼 좀 집어다
주어요.

침모   아이 참 또 잊어버렸습니다그려 외출하신 때는 마루 앞에 놓아
     두라고 하시던 것을 저는 정신이 그렇게 없답니다.
     (미안한 말을 하면서 건넌방 앞에 놓여 있던 '빨간 슬리퍼를 집어다가
     아내가 올라서려고 하는 마루 끝에 놓아준다)
주인   (차부가 갖다놓은 책을 이 책 저 책 펼쳐보다가) 여보 기정이 당신
     은 퓨리턴(淸教徒)이라도 되려는 셈이요? 여기 책들은 죄다 히
     브리의 주의主義의 서류들이 아니요?
     (아내 말없이 건넌방 앞으로 가서 방문을 열려고 할 때)
주인   여보 기정이 너무도 냉정하구려. 무슨 일로 노여웠기에 사람이
     세 번 네 번 말을 걸어도 대답이 없단 말이요.
아내   (괴로운 듯이 뒤를 돌아다보며) 왜 그러서요?
주인   (괴로운 웃음을 띠고) 흥 오늘은 당신의 제일 첫 애인인 김춘영
     군을 만났구려. 그러니까 오늘만은 나도 당신의 금욕주의 연애
     신성을 존경하여드릴 터이요. 하지만 과도한 침묵주의만은 더
     참지를 못하겠소.
아내   (대단한 노기를 얼굴에 띠고) 무엇이라고요? 나는 책사에 갔다 옵
     니다!
주인   여보 기정이 당신은 포군(暴君) 같구려. (말을 마치고 다 탄 담배
     를 탁자 위 재떨이에 던지는 체하며 댓돌 옆에 내려서 있는 침모에게
     눈짓을 한다. 침모는 부엌으로 들어가버린다. 주인 다시 돌아서며)
     비록 이름뿐인 남편일지라도 내가 있는 이상 당신이 홀로 나아
     가 다니면서 설마 다른 남자와 밀회를 하였으리라고는 생각이
     안 되오마는 당신이 전일부터 존경하는 주인— 나는 김춘영 군
     이 히브리주의자일지라도 당신이 하필 그 참혹한 이중생활을
     본받을 필요가 어디 있단 말이요? 김 군이야말로 참 영리한 남

자이기 때문에 가는 곳마다 주위의 인심을 잃지 않기 위하여서 더욱이 뭇사람의 동경의 초점이 되는 여자의 마음을 즐겁도록 조종하는 것쯤은 식은 죽 먹길 것이요. 그런 사람이 당신이 내게 하듯이 그 처자에게 냉혹히 하리라고는 생각이 되지를 않소. 그러니 기정이도 그이를 본받으려거든 내게도 너무 섭섭지 않도록 하여 보시요.

아내 (참으로 괴로운 듯이 머리를 푹 숙이고) 제발 그런 잡소리를 마세요. 내 머리가 터질 것 같습니다. 나는 단지 더 잘살기 위하여 나의 이상을 찾을 뿐입니다.

주인 (아내의 앞에 무릎을 꿇고 아내의 하얀 치맛자락을 붙잡으며) 이렇게 내가 당신 앞에 무릎을 꿇고 비는 것이요. 제발 그 공상누각에서 좀 내려와서 이렇게 같이 살게 된 이상 부디 화평한 가정을 이루어봅시다.

아내 (무섭고 싫은 듯이 손으로 치맛자락을 떨치며) 놓으세요. 이것이 무슨 짓이어요? 이것이 화평한 가정주의라는 것이요? 사람과 사람 사이에 굳이 약속된 조건을 무시하고 왜 축축이 남의 치맛자락을 잡으세요?

주인 나는 당신을 사랑하는 것이요. 사랑에는 조건이 없는 것이요. (말을 마치며 두 손으로 아내의 치맛자락을 잡아서 아내를 자기 품에 끌어안으려 한다)

아내 (냉정히 경멸하는 표정으로) 사랑에는 조건이 없다고 하지마는 순결이라는 요소는 구비되어 있을 것입니다. 저리 가세요! 저리 가세요!! 오늘부터 당신은 나와 약속을 깨뜨린 나와 아무것도 안 되는 남입니다. 저리 가세요!

(남편 아내의 아랫도리를 점점 껴안는다. 아내 자기에게 점점 가까이

하는 남편의 어깨를 때려 물리치려 하며) 당신은 이성을 아주 잃어버린 사람입니다. 나는 이성을 잃어버린 사람을 잘 처치할 줄 압니다. 유모! 유모! 이리 좀 와요. (유모 부엌으로부터 황황히 등장한다)

유모 왜들 또 그러십니까? 사랑쌈이시지요. 아씨 너무— 서방님께 쌀쌀히 구시면 어멈의 죄까지 커집니다. (유모는 아내를 건넌방으로 모셔간다)

남편 (절망한 듯이) 내가 눈이 어두운 사람이다. 세상에 이름만 부부 생활을 하겠다고 손가락 하나 안 다치겠다는 조건을 붙여가지고 허위의 결혼을 하는 남자가 나밖에 또 어디 있을라고? 세상에 인심까지 잃고……. 아하 이날이 언제나 망해버릴 것인가? (대청마루 한복판에 서서 먼 하늘을 치어다본다)

(건넌방으로부터 아내의 "이것이 다 누구의 죄인 줄 아나? 유모가 공연히 여자는 혼인을 해야 하느니 마느니 하고 사뭇 나를 꾀여낸 탓이 아닌가? 저이는 나를 아무 구속 없이 영원히 살린다는 약속을 어디 지키는 인가? 내가 이렇게 고난을 당하는 것이 그래 유모의 눈에는 보기 좋은가? 참 우습다! 저이가 그래 무조건으로 내 생존을 영원히 보장한다는 인가?" 발악하는 소리가 들려온다)

—막—

제2장

무대 : 1장과 같으나 탁자 위에는 복숭아꽃이 꽂히었고 책상에 가득
가득 쌓이었던 책들이 세 무더기로 나뉘어 마루 위에 쌓였는데 유모는
마룻바닥에 앉아서 책을 이리저리 아내가 가리키는 대로 가려놓고 아내
는 아래위로 옥색 옷을 하르르하게 입은 채로 빨간 교의 위에 올라서서
책을 내리어 유모를 준다.

아내   (책을 차례차례 내리다 말고 양손으로 목덜미를 펴며) 유모! 내가
        이렇게 세월을 보내는 동안에는 내 어머니께서 나를 고요히 쉬
        여주시던 자장가를 잊어버리게 되는구려. 내가 어쩌자고 내 어
        머니의 방 안을 아장아장 걸어 다니며 금방울 소리로 가득 채우
        던 시대에서 멀리멀리 지나왔던가! (소리를 높이어) 유모! 내가
        육신의 정조만은 지켜 왔다 할지라도 이 남자의 환상에서 저 남
        자의 환상으로 뛰어다니며 온갖 행동을 좌우하는 것이 단지 잃
        어버린 내 어머니의 그 화평한 행복스러운 얼굴을 찾고자 하는
        데 지나지 않는 것이라오 하건마는 서툰 화가가 사자를 그린다

고 이리도 못 그리는 것같이 나는 행복을 찾노라 하는 것이 불행을 찾아드리는 것 같구려! 아하 하나님의 성단 앞에서 붉은 옷을 입고 어린 머리를 숙여 소원을 이뤄지라던 신앙생활에서 벗어나 내 마음속 일찍이 아무도 이르지 못하게 한 자리에 어느 결점을 덮은 인격을 앉히고 내 희망 전부를 걸어? 아아 (숨찬 호흡을 간신히 하며 떨리는 손길을 가슴 위에 놓고) 유모! 이 숨찬 것을 좀 보아요. 내 맥은 무엇이라고 이렇게 뛰는지 내 손길이 떨리는 것을 좀 보아요. 유모라니까!

유모 (졸면서 내려놓은 책의 먼지를 털어 마루 끝에 놓다가 깜짝 놀라 손길에 들었던 책을 고만 무르팍에 떨어트리며) 아씨 왜 그러십니까?

아내 (괴로운 듯이 웃으며) 유모 졸린 거구려.

유모 (미안한 웃음을 웃으며) 이렇게 늙으니까 늘 졸린답니다. 그런데 아씨는 엊저녁에 한잠도 안 주무셨으니 좀 졸리시겠어요.

아내 오— 참 유모는 엊저녁에 나리와 나와 말다툼하는 것을 말리노라고 한잠 못 잤구려. (가엾은 웃음을 입가에 띠고) 아이 가엾어라. 어서 하루바삐 내가 행복스러워져야 유모도 편한 잠을 자볼 것 아니오.

유모 (눈이 번쩍 띄는 듯이) 아씨께서 행복스러우시면 게서 더 어떻게 행복스러우시겠어요? 부자댁 외따님으로 태어나셔서 어머니께서 세상 떠나신 후 얼마 동안 고생은 하시었다 할지라도 이렇게 호화로운 댁 맏며느리로 남부러울 것이 없으시니 좀 좋으세요.

아내 (원망스러운 듯이) 유모도 역시 내편은 아니구려. 나는 결국 외로운 사람인 것이 분명하지. 어디다가 속말 한마디 할 곳이 없지. 그러니까 지금까지 유모도 내 심복이 아니었더란 말인가? 그러면 이때껏 내가 유모에게 이러니저러니 사정 이야기해온 것이

거의 다 유모의 비위에 거슬리었더란 말인가?

유모　(죄송스러운 듯이 얼굴을 숙이며) 제 생각에는 아씨께서 너무 팔자가 좋으시니까 딴 염려까지 하시는 것같이밖에 보이지 않는답니다. 그러나 저야 무엇을 압니까? 밥이나 먹으면 일이나 할 줄 알고, 시집가면 한 남편 섬길 줄 알고, 고용 가면 한 주인 섬길 줄 알 뿐이지요.

아내　아이 어멈 그런 말을 좀 그쳐주어요. 나까지 그렇게 되어버리는 것 같아요. 그런 괴상망측한 현실에 낯익어지는 것이 내게 될 뻔도 않은 일이 아닌가? 어서 아무 소리 말고 이 책의 먼지를 털어서 마루 끝에 내놓아요. 누가 이리로 시집오겠다고 맨 처음부터 하였더란 말인가? 모두 유모의 청승맞은 방정 때문에 이리로 와 가지고 밤마다 싸움질이나 하고 별별 연극이 다 일어나는 것 아닌가? 그러기에 내가 처음부터 무엇이라고 하더란 말인가? 이 댁 나리께서 하도 간청을 하시니까 이리로 오기는 오더라도 어디 남녀의 관계로 온다고 하였던 것인가? 반드시 동성간 친구와 같이 지내자는 조건을 붙여가지고 온 것이지. (무엇을 낙심한 듯이 머리를 숙이다가) 그렇지만 나는 남편을 찾아 헤매는 것은 아니지…….

유모　(심란한 듯이 책을 털어서는 마루 앞으로 내어놓다가) 아씨! 작은아씨! 저보고 그렇게 대들지를 마세요. 저야 단지 작은아씨께서 더 잘되시기만 바라고 모든 일을 의논하여 드렸던 것이지요.

아내　(좀 사그라져서) 그야 그렇지! 나도 유모가 내 속이야기 한마디도 잘 받아주지 않으니까 고만 열이 나서 하는 말이지 내가 어디 같이 살 남자를 찾는 것인가?

유모　온 천만에 언제 어멈이 아씨 말을 잘 받아드리지 않았다고 하십니까?

아내 아니 잘 받아주지 않는다는 것이 아니라 좋게 생각하여주지를 않는다는 말이야.

유모 (비로소 화평한 낯을 지으며 어린이를 귀여워하는 눈으로 아내를 치어다보며) 저야 아씨께서 무슨 일을 하시든지 강보에서부터 받아 길러드린 아씨가 그저 귀여울 뿐이지요.

아내 (비로소 낙종하는 얼굴로) 그런데 우리 다른 이야기 좀 해요. 응. 유모! 이 넓으나 넓은 세상 쓸쓸한 정경에 꼭 우리 두 사람만이 서로 믿고 의지하여야 하지 안우. 응. 유모! 유모도 아들까지 버리고 나를 따라온 이상에 아무쪼록 내 뒤를 잘 보아주어야 하지 안우. (유모의 얼굴을 갸웃이 들여다본다)

유모 그렇고 말구요. 제가 재작년 여름에 길 가운데서 작은아씨를 뵈옵고 얼마나 놀랐던지요, 그때 어떻게 신색이 못 되셨든지 아씨께서는 설마 제가 길러드린 어른 같지는 않으셨답니다. 그러나 아씨의 얼굴을 한참 들여다보니 눈매 입매가 그전 모습이 아니겠습니까? 어떻게 망극하던지요. (역시 책을 받으며)

아내 아이. (좀 부끄러워하는 태도로) 저— 어멈이 시골 가 있는 동안에 내가 열여덟 살 나던 겨울인가 그해에 엄마는 돌아가시고 저—(음성을 낮추어서) 아버지는 실상 어멈이 알다시피 계부가 아니었었소? 그런데 엄마 돌아가시자 한 달이 못되어 저— 서모가 승차를 하겠나? 그러더니 들입다 별별 괴상스러운 연극이 일어나기 시작을 하는데 내 눈에서는 눈물 마를 날이 없겠지. 어머니 돌아가실 임시에는 아버지도 "너희 어머니가 돌아가셨다고 내가 네 눈에 눈물이 흐르도록 하겠니?" 하면서 어머니가 내 주머니에 넣어주시던 금붙이와 보석을 죄다 꺼내가더니 빨간 거짓말이겠지? 그래서 나는 주머니에 돈 한 푼 넣지 않고 집을 나와서 저—(음성을 낮추어서) 헌 책장사를 해서 먹어가면서 틈 있는 대로 도서관에도 다니고 어학도 더 배우고 하였지. 그……때 나는 저— 회당에서 김춘영 씨를 뵈었다나. 그때 그 어른이 단정하시고 청신하여 뵈시던 일 시방은 무엇 때문인지 안 체 모른 체하시지만 그때는 무엇인지 친절도 하시었지…… 그러나 어떤 때는 눈물이 나도록 매정도 하시었어. …… 아마 지금 생각하니까 그 부인이 계신 탓이었는지…… 모르지. (역시 책을 내려서 유모에게 주며) 참 너무 놀라워서 묻지도 않았지마는 김춘영 씨 부인이라고 하면서 여기 왔더라고 하던 여자는 어떻게 생겼습디까? 유모, 아주 퍽 잘났습디까? 아마 김 선생께서는 내가 일생을 이렇게 눈물 가운데 지나갈 것도 모르실 것이요. (무엇을 한참 생각하다가) 그것이 또 당연할 일이지…… 그러니 내— 마음이 키— 잃은 배 모양으로 바람결을 따라 청교도인 김춘영 씨에게서 사회주의자인 리관주에게로 옮겨가는 것이 아니요. (책을 내리다 말고 먼 산을 보며) 걷잡을 수 없는 비인 마음!

유모 그렇지만 아씨께서는 단벌옷을 팔아서 밑천을 하여 가지고 헌책 장사를 하여 근근 생활하실 때도 김 선생님 리 선생님 생각하시었습니까?…… 아씨께서는 이미 남의 귀한 댁 아씨가 되신 바에야 왜 남의 집 보금자리를 들추어버리시려는 듯이 남의 내정을 물으십니까? 그 아낙네는 아씨보다 야무지게 생겼던 걸이요. 그러니까 그 아낙네도 아씨께서 김춘영 씨가 가르치러 다니신다는 학교로 찾아다니신다는 것이 수상해서 일부러 어떤 어른인가 보러 왔던 것 아닙니까? 그런 망신을 다 당하시고 참 딱하십니다.

아내	아아 어멈이 나를 제법 타이르는구려. 그러나 지금 내 말이 유모를 빈정거리는 것은 아니요. 하지만 나는 내가 아주 여지없이 구차할 때부터 김 선생님을 사모하기 시작하였다가 그가 여지없이 냉정하여진 때 나는 고만 그가 언제 한 번은 몹시 칭찬하여 혜성과 같이 그의 학설을 어느 신문에 발표한 리 선생님을 숭배하기 시작한 것이요. 처음에는 단지 그의 인격으로 사상으로 무엇을 얻으려고 하였던 것이나 주위의 환경이 나만을 감정적으로 이상한 곳에 떨어트리었소. 그러나 내가 그들에게 무슨 관능적 쾌락을 얻으려고 하던 것도 아니고 그들의 애처로운 보금자리를 들추려 한 것은 아니요. 그러나 그들조차 나를 바로 알지 못하는 것 같은 때도 허구 많았소. 나는 그들에게 사랑 이외에 무엇을 구하려던 것이 시련 못된 몽롱한 의식이었으나마 사실이었소. (이같이 이야기하는 동안에는 그들은 책을 내리우고 옮기던 일을 잊어버리고 이야기를 한다)
유모	아이고 가엾은 작은아씨 천사 같으신 마님의 사랑을 잃으시고 무슨 구렁에 헤매이셨습니까? 어멈의 귀에는 들을수록 뼈가 저리기는 하나 무슨 말씀인지요? 아씨는 그저 쓸쓸하시던 것 같기만 합니다.
아내	그 말을 다 어찌해요? 사상의 환경으로 실제의 환경으로 목적 없는 길을 가는 무엇같이 지독히 내 생활은 쓸쓸하였소. 그래서 더 어느 편으로나 목적을 가지고 싶은 본능의 충동인지 굳세고 난처한 요구가 있기 시작한 것이요. 그래서 늘 사상 방면 신앙 방면으로 같은 사람으로의 숭배자를 구하였었소. (퍽 괴로운 듯이 가슴을 부둥켜 잡을 때 큰방으로부터 전령電鈴 소리가 울려나온다) 아이 전화가 왔지. 이제부터 침모 대신 내가 전화 심부름을

해야 한다— (큰방으로 들어가서) 어디세요…××책사입니까? 그런데 아직 정리는 안 되었지마는…… 천천히 와보시지요…… 네 안 팔 책을 추려 내놓고 한 이천 부 됩니다. ……대개 종교, 철학, 또는 신화, 예수교리 청교도적 헤브라이즘의 것들입니다…… 네 네. (다시 마루로 나와서는 교의 위로 올라서서 책을 꺼내 내리우며) 이 책은 엊그저께 사온 ××××××의 유물론적 변증법과 부하린의 ××××의 개념 등인데 내가 좀 더 보아야 할 터이니 저편으로 내어놓아요. (혼잣소리같이 돌아서서 책을 내리우며) 이즈음에는 나만이 전부 책을 바꾸어 사야 할 것이 아니라 물론 어떤 사람이든지 고고학자가 아닌 이상 전시에 그릇된 상상과 신앙으로부터 써진 것을 전부 바꾸어서 새 시대의 실험적인 자연파의 것과 상대파의 것과 진화파의 것들 과학적 서류와 바꾸어야 하겠는데……? 나는 무엇이라고 이렇게 영구히 사람의 본능을 지니고는 지키기도 어려울 헤브라이즘의 금욕주의 책들을 함부로 사들였던가? 참 이것은 주일마다 우매한 신자들을 더욱 굳세게 한다고 강단에 서서 공상적 신화를 짓고 있는 장로나 목사들에게 필요할 것이 아닌가? '루터'가 살아서 나를 알면 좀 우스울까? 그러나 나는 김춘영 씨의 일을 본받던 것이 아닌가? 그렇지마는 (무엇을 생각하다가 유모가 책을 옮겨놓다가 말고 분주히 자기 눈을 비벼서 졸린 것을 깨우는 모양을 보고 무슨 생각이 들어맞은 듯이) 옳지 옳지. 그는 그 자신의 애욕을 억제하기 위하여 자기에게 맞지도 않는 서류를 사들이던 것을 나는 모르고 ××책사에 탐지하여 그가 사는 책은 다 사들인 것이 아니었던가? (대문 흔들리는 소리를 듣느라고 귀를 기울이며) 유모 대단히 졸린 모양이구려. 눈을 들입다 비빌 때는 하지만 유모는 대문을 열러 밖으로 나가야겠소. (귀를 기울여 들으며) 밖에 누가 온 모양이야 대문이 너무 멀기 때문에 행랑사람을 내보낸 것이 퍽 불편한데.

유모   (대청 아래로 내려서며) 괜찮습니다. 대문 열러 나가기쯤 무엇이 불편하겠습니까? (중문 밖으로 나가서 사라진다. 때마침 큰방으로 전령소리가 다시 들린다)

아내   (황망히 큰방으로 들어가서) …… 네 어디세요? …… 네? ×× 회 누구시라고? …… 네— 리혜경 씨이세요? …… 네 염려 마세요. …… 마침 금명간 적지 않은 돈이 내 손으로 들어올 터이니까…… 그렇지요. 몇 십 명의 화재민쯤…… 며칠 동안 지나게 할 수가 있겠어요. …… 돈 되는 대로 오늘 저녁이나 내일 아침에 찾아가 뵈옵지요 …… 네— 네? 무엇이어요? 오— 우리 주인 말씀이세요? …… 그것은 왜 물으세요? …… 아니…… 우리 사이는 남녀의 관계는 아니랍니다. …… 그저 주종간이라든지 친구간이라는 말이 맞지요. …… 그러니까 며칠 동안 집을 비우시는 것은 드물지 않은 일이랍니다. …… 하지마는 나는 우리 주인을 이용하거나 모욕하거나 소홀히 여기지는 않는답니다. …… 아— 그런데 왜 그것을 자꾸만 물으세요? …… 네 고쳐 말하면 이름만 부부라는 말이지요. …… 그런데 혜경 씨쯤 어떻게 우리 주인이 나가 계시는 것까지, 그렇게 잘 아세요? …… 네 네 …… 그러세요? …… 그러면 혜경 씨의 친구 남편이라는 이도 나가 노는 어른이신가요? (이 동안에 유모는 알지 못하는 행랑어멈을 데리고 들어와서)

유모   그래 댁은 어디 사세요? (어멈의 태도를 살핀다)

어멈   (생각 없는 듯이) 저— 태평통 리혜경 아니 저저—(깜짝 놀라서)

	종로 류 주사 댁에 있습니다. (안방에서 들리는 전화 소리를 듣고 또 무심히) 우리 댁 아씨하고 전화를 하시나? (한눈을 판다)
유모	(매우 유심하게 어멈의 아래위를 훑어보고) 그래 우리 댁 나리께서 그 댁에 계십디까? 네 저도 만일 보통 부부관계일 것 같으면…… 그럴지도 모르지요…… 그런 때마다 궁금하고 미안하기도 하답니다. …… 무엇이 그렇다고 사실이 아닌 아내의 도리겠어요? 어째서 ××회는 내 가정 일을 조사할 권리나 있는 것 같구려…… 호호…… 아무래도 관계찮습니다. …… 그렇지요. (아내 밖으로 나오며 유모를 보고)
아내	아이 긴 전화도 다 받았다. 어떻게 수다스러운지 아이. (낯선 어멈의 모양을 보고) 그런데 저 사람이 어디서 왔소?
유모	(의심스러운 듯이) 태평통 리혜경 씨 댁에서 오셨대나 종로 류 주사 댁에서 오셨대나 하는데 이 댁 나리가 그 댁에서 어디 가신다고 양복을 보내라고 편지를 하였다나요. (비웃는 듯이 명희선 어멈을 본다)
어멈	(사면을 두리번두리번 둘러보다가 허리춤에서 편지를 꺼내 아내를 준다) 여기 있습니다.
아내	(편지를 보고 종이를 뒤집어보며) 어째 ××회 종이로 편지를 쓰셨을까? (의심스러운 듯이 편지를 들여다보며) 그런데 유모 자기 양복을 다— 보내라고 하였구려.
유모	(행랑어멈을 아래위로 훑어보고) 분명히 나리 글씹니까? (아내를 유심히 보며 묻는다)
아내	그런 것 같아요. (말을 마치고 어멈을 본다)
	(이때 세 사람은 서로 의심스러운 얼굴을 들여다본다)

—천천히 막—

제3장

시절 : 2장으로부터 두 달 후

무대 : 역시 1장과 같은 대청 뒤 마루 위 이전 탁자가 놓였던 자리에
는 침대가 놓였고 침대 머리맡 옆으로 작은 탁자 위의 청자색 꽃병에는
흰 장미꽃 묶음이 흩어질 듯이 꽂히어 있고 탁상 전화기가 놓여 있으며
북향한 연두색 벽에는 북으로 열린 미닫이를 좌우하여 두 남자의 등신상
이 묵묵히 황금 체 속에 들어 침대를 굽어본다. 미닫이 밖으로 보이는 정
원 화단에는 우미인초가 빨갛게 피어 있으며 장미화가 후원 담을 가리어
하늘 위까지 덩굴 벋을 형세로 피어 있고 군데군데 파초 잎이 무성하여
있다. 막이 열리면 아내는 얼굴을 두 손으로 가리고 침대 위에 걸어앉았
고 유모는 방금 부엌에서 진일을 하다 나온 듯이 댓돌 위에 서서 행주치
마에 손을 씻으며

유모　　어디 아씨. 저 보는 데 한 번 걸어보세요. 절지 않고는 못 걸으
　　　　시겠나 봅시다. 어서 아씨.
아내　　(얼굴을 양손으로 가린 채 머리를 흔들며) 두어 달 동안이나 누워

있어서 그런지 (한편 다리를 가리키며) 이 다리에 맥이 풀려서 힘을 줄 수가 없는데.

유모 (답답한 듯이) 그래도 저 보는 데 한 번 걸어보세요. 하도 오래 누워 계셨으니까 맥도 풀리셨겠지요.

아내 (마지 못하는 듯이 얼굴의 손을 떼며 약간 귀찮은 미소를 띠고 침대 위에서 일어나 걸으려고는 하나 잘 일어서지지 않는 듯이 머뭇거리다가 두 번 세 번 주저앉으며 간신히 일어나서 있는 힘을 다하여 바로 걸어보려 하나 절룩절룩 두어서너 발자국 걷다가 고만 펄썩 주저앉는다. 유모는 차마 못 보겠다는 듯이 얼굴을 돌리다가 강잉*하여 태연하여진다. 아내 호소하는 듯이 유모를 바라보며) 어멈 나는 인제 병신이구려. (한마디 탄식하고는 얼굴을 두 손길에 묻고 혼잣말같이) 잃어버린 행복을 회복하려다 못하여 병신까지 되었다. (유모 얼굴을 돌리고 느껴 운다) 내가 김 선생님을 무소부재無所不在하신 교리를 가진 하나님의 회당에서 처음 뵈었을 때 그는 손수 피운 화롯불을 가져다가 영혼까지 식어버리려는 나를 녹여주시었었다. 그 이후로 나는 내 세상살이가 참을 수 없이 추운 것임을 알게 되었다. 처음 겸 마지막으로 순간만 더워본 세계의 영원한 냉각이던가? 차라리 이 괴로운 내 머리가 부서지는 편이 나을 뻔하였다. 찬 인정? 몹쓸 세상! 털끝보다 더 작은 내 소원을 이루어줄 수가 없어서 조그만 나 하나를 영영 버리는구나! 역시 이 세상도 조그마하던가? (하늘을 우러러보며) 분별없는 여인! 눈토 매이워서** 복수를 한다고야 내게 향한 원망이 아닌 것을 나를 해하였다. (다시 얼굴을 숙이고 쓰러진다)

---

* 마지못하여. 부득이.
** 정확한 의미를 파악하기 어려움.

유모	(이상스럽게 말을 듣다가 눈이 휘둥그레지며 마룻바닥에 쓰러져 느껴

유모 (이상스럽게 말을 듣다가 눈이 휘둥그레지며 마룻바닥에 쓰러져 느껴 우는 아내를 안아 일으키며) 아씨 왜 사위스럽게 병신이 되신다고 하시어요? 어머니의 영혼이 아시면 서러워하십니다. 그런데 아씨는 다리를 다치고 돌아오신 당시는 혼수상태에 빠지셔서 말씀을 못하셨고 그 다음에는 넘어지셨다고 하시더니 시방 말씀을 들으니까 누구한테 상처를 받으신 것입니다그려. (갑자기 노여움과 원망을 품고 무서운 얼굴을 지으며) 어떤 년이 그랬습니까? 어떤 놈이 그랬습니까? 어째 아씨는 그런 말조차 없으셨습니까? (팔을 내뽑으며) 이 어멈의 팔로 그런 연놈에게 복수를 하여 드리렵니다. 어서 말씀하십시오.

아내 (괴로운 듯이 입술을 깨물고 머리를 흔들 뿐)

유모 (궁금한 듯이) 어째 이 어멈에게 가르쳐주시지 않으십니까? 어멈이 아씨께 불민한 일을 하여드릴 것 같으십니까? 나리께서 아시면 좀 놀라시겠어요?

아내 (아니라는 듯이 머리를 흔들며) 그도 자기의 행복을 찾아 나가신 인데 내 불행을 염려하실리가 있을라고?…… (다시 머리를 숙이고 앉았다가) 어멈 내가 ××회에 책을 팔아서 갖다 주던 날이 언제이었는지.

유모 그날이 아씨 발 다치던 날 아닙니까? 벌써 한 두어 달은 넘었지요.

아내 나는 그날 늦어서 ××회에 갔다 오는 길에 이문 안을 지나오노라니까 어떤 여자의 음성이 내 옆에서 "이년 남의 사내 잘 찾아다니는 년" 하는 것 같더니 그저 아뜩해지겠지. 그 후에는 정신이 없어 내가 넘어지고 착각을 일으켰는지 사실 남이 나를 해하였던 것인지 도무지 아득해요.

유모 (고만 맥을 턱 놓으며) 나리께 들어오시라고 기별이나 할까요?

269

아씨는 지금쯤 그 친절하시던 나리 생각이 나지 않으셔요?

아내 (머리를 흔들며) 불행을 생각하기에 무거운 머리는 아무것도 생각할 수가 없다오.

(밖에서 대문 여는 소리가 나자 행랑어멈이 기쁜 얼굴을 하고 중문 안으로 들어온다. 유모와 아내 하던 이야기를 그친다)

어멈 (댓돌 아래 와 서며) 아씨 저 나리 마님이 들어오셨는뎁쇼. 시방 들어가 아씨께 뵈어도 괜찮겠습니까? 여쭈어보라세요.

아내 (놀라운 표정으로 어멈과 유모를 보고 망설이다가) 당신 댁에 당신이 돌아오시는데 누가 무어라겠습니까? (말을 마치고 얼굴을 푹 수그린다)

유모 (기쁜 얼굴로 "어멈! 어서 들어오십사고" 말을 하면서 중문 밖으로 나가는 어멈의 뒤를 따라나간다)

아내 (홀로 되어) 불행한 내 몸을 숨길 내 집이 없구나. 이런 때 내 발을 자유로 옮길 수가 있었더라면 얼마나 좋았을까? (말을 마치고 주저앉았던 자리에서 일어서려 하나 일어서지지 않는다. 세 사람의 여섯 발 소리가 가까워올수록 일층 더 일어서려고 하나 쓰러질 뿐이다)

(유모— 주인 양복 입고 등장)

주인 (역시 인자한 얼굴로) 기정이 오래 앓으셨다고 나를 용서하시오. (주저앉아서 일어서려고 무한히 고통 받는 아내를 보고)

당신은 아직 자유로 일어서실 수가 없구려. 어떻게 그렇게 발을 다치셨소?

아내 (역시 일어서려고 고심하며) 나는 그동안에 병신이 되었답니다. 이 꼴까지 나리께만은 보여드리고 싶지 않았었는데 이렇게 뵈옵는 것이 본의가 아니올시다. (아내의 말을 측은히 들으며 마루 위로 올라와서 아내를 일으켜주려고 손을 내밀다가 측은히 아내를 바라보며) 일으켜드릴까요?

아내 (일어설 공부를 중지하고) 아니요. 혼자 일어나보지요.

(유모는 슬그머니 부엌으로 들어간다)

남편 (유모의 뒷모양을 바라보다가) 당신은 그래도 나를 의지하여 살아갈 마음은 없구려. 이런 때에도 나는 당신에게 소용이 없습니까?

아내 (면목 없는 듯이 머리를 숙이고) 이날 이때껏 당신을 의지하고만 살아오지 않았습니까? 그래서 퍽 미안한 때가 많았답니다. 그런데 지금은 나리께서도 자신의 행복을 따로 찾으신 바에야 내가 더 괴로움을 끼칠 수가 있겠어요? 당신의 영원한 행복을 빌 뿐입니다.

남편 (애원하듯) 여보시요! 내가 세상 고생을 해온 사람이었었기 때문에 또 어느 동경을 가진 사람이었었기 때문에 당신을 잘 아는 탓으로 불행한 경우에 당신에게 마땅한 대우를 하여드렸던 데지나지 않습니다. 조금이라도 의식 있게 당신을 내 아내로 억제하려고는 마음먹지 않았었소. 어떤 때라도 당신이 내게 돌아오는 날이면 온갖 여자의 후대를 다 버리고 당신의 박대를 받으러 모든 사랑을 다 버리고 당신의 미움을 받으러 돌아올 것이요. 단지 내가 나를 앎으로 당신을 존경하여드리는 것을 잊지 마시요. 그리고 나를 오해치 마시요!

아내 (머리를 흔들며) 나는 어느 존경할 만한 양반을 미혹시켜가지고 최후最後 피난처避難處를 삼으려 할 만치 구구한 생활을 하여 오지도 않았고 하려고 하지도 않습니다.

남편 그러나 역시 사람이란 이해 조건을 무시할 수 없는가 해요.

아내 (괴로운 듯이 두 손을 비비며) 나같이 불행한 자리에 앉아서 무엇이라겠어요.

남편 (아내의 얼굴을 바라보며 머뭇머뭇) 참 김춘영 군은 교회와 학교를 나와버렸다는데 월전 어느 극장에서 보니까 리혜경이의 친구인 추은난이와 나란히 앉아서 구경을 하더니 그저께 저녁에는 밤 열두 시나 지나서 역시 키 작은 여자와 동대문께로 걸어가더군. 아주 딴 사람이 된 것 같던데.

아내 (…… 아무 소리에도 관심치 않는 듯이 멍히 하늘을 치어다보다가 혼 잣말같이) 그가 나를 몰랐던 것이니 무슨 문제가 있으랴. 그는 추은난이라는 자와 같은 품성의 남자인지도 모를 것이다! 내 눈 은 무엇이라고 그렇게 어두웠던고. 역시 나는 남을 원망할 수가 없었다! 내 맘이 어두웠었기 때문에 눈까지 어두워져서 바로 볼 수가 없던 것이다! (참을 수 없는 듯이 얼굴을 찡그리다가 남편에 게) 여보세요. 나리와 같이 관대하신 어른은 사람이란다. — 눈 토 매이워 있는 견지見地에서 나를 동정하실 수도 있겠지요. 이 헤매이는 꼴을 불행한 꼴을.

남편 (측은히 아내를 내려다보며 낮은 음성으로) 그렇고 말구요.

아내 (팔을 내밀며) 그러면 나를 좀 일으켜주세요. 무엇이든지 자기의 욕심을 못 채우면 옴두꺼비와 같이 노여워지는 속인처럼 내게 다 아무런 조건도 붙이지 마시고요. 그때 빈한에서 건져서 당신 의 아내라는 좋은 이름을 빌리어주신 것과 같이요.

남편 (얼른 두 팔을 내밀어 아내를 일으켜 침대 위에 앉히고) 그런데 당신 은 왜 다치셨소?

아내 책을 팔다가 ××회에 기부하고 돌아오는 길에 넘어졌답니다.

남편 (한심한 듯이 사방을 둘러보고) 그런데 당신은 내 살림살이를 다— 어찌하셨소?

아내　(눈을 둥그렇게 뜨고 깜짝 놀라며) 무엇이어요? 보내라고 기별하
시지 않으셨어요? 바로 맨처음 나가 주무시던 이튿날 양복 가
지러 왔던 하인이 편지와 인부를 데리고 와서 다— 실어갔답니
다. 그러면 당신이 시키지 않으셨어요?

남편　(깜짝 놀라며) 그러면 또 혜경이 장난이로군. 어떤 여자의 사랑
은 누구의 미움…… 만도 못하게 사람을 귀찮게 하는군.

(전령이 운다)

남편　(전화를 받으려 할 때)

아내　내게 온 것일 걸이요.

남편　(빈정거리지도 않고 동정하는 듯이) 리관주 씨에게서? 당신 요사
이는 그와 숙친淑親해졌소? (아내 부끄러워하는 듯이 미소를 띠고
웃을 때) 남편은 수화기를 귀에다 대고 누구세요? 네? 혜경이
요? 곧 가리다 염려 마시요 …… 그거 무슨 소리요? …… 그
럴 리 없소…… 그저 위로해드릴 뿐이요…… 그저 세상 사람
이라는 가엾은 견지에서…… 그런 야비한 품성을 지닌 여자는
아니오. …… 그런데 당신 내 짐은 가져다가 다— 어찌하셨소?
……모르다니? …… 그러면 그렇지. …… 뜰아랫방에 채워둔
것이 내 것이었소? …… 그럽시다…… 되는 대로 속히 가리다
……네. 네.

아내　아이 어여 가보세요. 나는 염치없이 위로를 받고 있었습니다그려.

남편　(원망스럽게) 평생 좀 더 있으라고 졸라보구려. 그저 너는 너 하
는 대로 해라 나는 나 하는대로 하겠다요? (수그러지며) 그러나
때가 아직일는지 모른다.

아내　(부끄러워하는 듯이) 그럼 그밖에 어떻게 해요? 각각 자기로의
이상을 품고 있으면서야 별다른 도리가 어디 있습니까? 당신은

너무 하나 빼고 하나 넣는 현실이시고……

남편 (마지못하여 마루 아래로 내려서며) 자— 기정이 다음 뵙기까지 완연히 걷게 되시오.

유모 (부엌에서 나오며) 그런데 나리께서는 앓는 아씨를 두고 그렇게 도 쉬— 가세요?

아내 (눈을 엄하게 떠 유모를 보며) 여보 유모! 그 좀 답답히 굴지를 마시오. 나리께는 이름뿐 아내인 나 이외에 참으로 부인되시는 이가 있다오. 나야 어디 사실이요.

유모 (원망스럽게 댓돌 위에서 구두 신는 남편을 바라보고 침대 위에 시름없이 앉아 있는 아내를 보며) 저 같은 늙은이는 나리 댁 일을 도무지 알 수가 없습니다.

남편 (신발을 신고) 자, 그러면 쉬 낫도록 자중하시오. 그러나 리관주 씨를 삼가야 합니다. 그이들 부부야말로 사이가 좋을 뿐 아니라 옴두꺼비 같은 성질을 가진 이들이오. (남편과 유모 중문 밖으로 나간다)

아내 (두 손길로 얼굴을 가리고 있다가) 혜경 씨가 가시라 하거든 또 오세요. (대문 밖에서 "네—" 대답한다)

아내 (홀로 되어) 세상에는 유혹이 있다 못하여 불행의 유혹까지 있고나. 내가 무엇을 바랬던고?

—막—

제4장

무대 : 3장과 같으나 한편 사진은 바뀌어져서 황금 틀은 깨어지고 유리알이 부서진 채 여기저기 마룻바닥에 널리어 있고 댓돌 위에는 조선 신이 놓여 있다.

아내 (얼굴과 허리를 붕대로 감고 전화기를 붕대 감은 손으로 집어 들고) 모시모시 고— 가몽 후다셴— 핫백구나나주— 히도방— 부대동입니까?…… 리 선생님이세요?…… 그런데 선생님께서는 어젯밤에 선생님 부인이 내게 오셨던 것을 모르세요?…… 어젯밤에요!…… 호호 (비웃으며)…… 네…… 그러시겠지요. …… 그런데…… 선생님께서는 저와의 몇 번 없는 교제와 또 저의 선생님께 대한 숭배를 어떻게 해석하시고 부인에게 말씀하여 버리신 것입니까? 그것은 정말이십니까?…… 아니 그러실 것이 아니라 선생님께서는 정녕 저를 오해하시었어요.…… 아니라니요…… 선생님 부인은 선생님과 사이도 퍽 좋으시다는데…… 그렇게까지 저를 오해하도록 내버려두시었었어요. 내가 선생님을 사모하기 시작한 동기는 단지 애욕뿐이 아닌 듯해요. 나는 그런 것 말고 다른 것을 선생님께 구하였던 것입니다.

선생님과 같이 여자를 다— 선생님 부인 따위의 야욕밖에 안 가진 줄로 보아서는 옳지 않습니다. 그것은 참을 수 없는 여자 전체에 대한 모욕입니다.…… 왜 그렇게…… 선생님은 나를 모욕하여야 합니까?…… 그것이 온갖 정성을 다하여 선생님을 본받으려던인 대가代價이라면…… 나는 선생님께 어느 조목의 인격적 동경을 가졌더라는 것을 선생과 같이 선생의 부인 앞에 (어음이 점점 격렬하여진다 스스로 가다듬으려고는 하나 부지중에 더 격렬하여지며) 흑백을 가리듯이 변명하게 된답니다.…… 흥분된 것이 아니랍니다.…… 흥분되지 않았을수록 반드시 나는 선생님께 나는 이런 말을 할 수밖에 없지요.…… 뵈옵고 이야기를 할 수가 있었으면 얼마나 다행하였겠어요? 그러나 내 눈은 멀고 내 머리는 부서져 절대안정을 명령받은 이때에 영원히 잃어버린 마음의 침착 때문에 필사의 힘을 다하여 이렇게…… 이야기를 한답니다. …… 왜 그렇게 되었느냐고요? 내가 선생님께 잘못 뵈었었기 때문에 또 선생님께 잘못 숭배를 하여 드렸었기 때문에 선생님 부인에게 선생님의 사진틀로 다치었답니다. …… 이렇게 말하면 선생께서는 곧 선생 부인의 팔 힘을 자랑도 하시고 싶을 터이지마는 선생님의 부인은 내 집에 오자 선생님의 사진이 걸린 것을 보고 허둥지둥 고만 미친 듯 달려들어서 급히 사진을 내리다가…… 가만히 드러누운 내 얼굴에다가 떨어트렸답니다. …… 그 아름다운 얼굴을 다치었느냐고요? …… 아름답게 보지 못할 사람들이…… 아름답게 보았었기 때문에…… 내 생명으로 갚았답니다. (아주 시진한 듯이 음성을 낮추어서) 내가 죽더라도 선생님 부인께 오해를 풀도록이나 하여 두세요. ……내가 선생님께 원망을 돌리겠느냐고요? …… 그

러면 걷지 못하는 발로 행방불명이 되어버릴까요? …… 사람
이 걷는 발걸음으로 말고 손으로 아니 앞발로 기어서 산에든지
내에든지 들어가버릴까요? …… 염려를 마세요. …… 나는 그
런 변명이 듣기가 싫습니다. …… 인제 끊으세요. 다— 귀찮습
니다. …… 아니 천만에.

아내　(전화를 마치고 붕대 감은 팔로 가슴을 부둥켜안고) 유모! 유모!!
　　　(불러보다가 죽은 사람같이 침대 위에 쓰러져버린다)
　　　(중문 밖에서부터 방물 사라는 소리가 들려온다)

방물장사　(중문 안으로 들어서며) 아씨! 분이나 기름 삽쇼. …… (침대 위를
　　　미처 못 보고) 이댁에는 아무도 안 계신가? (혼잣소리를 하며 댓돌
　　　위에 놓인 조선 신을 유심히 들여다보고 이리저리 휘둘러보다가 침대
　　　위에 아내가 쓰러져 고민하는 것을 보고는) 아씨! 아씨! 분이나 기
　　　름 삽시오. 아씨! 어디가 불편하십니까? 아씨! 분이나 기름 삽
　　　시오.

아내　(붕대 처맨 손길로 손짓을 하며) 유모! 유모!! (신음하듯 부른다)

방물장사　(신발을 들어보며) 아씨! 아씨…… 고 신발 얌전도 하다.
　　　(중문으로 유모와 남편 양복 입고 등장)

남편　(급히 댓돌 위로 올라서며) 여보시오! 기정이! 당신은 불행을 연
　　　거푸 당하시는구려.

아내　(머리를 들며 붕대 처맨 두 손길을 내밀며 남편을 어루만지려는 듯
　　　이) 나리, 나는 퍽 불행하답니다. 행복을 찾으려다 못하여 참혹
　　　히도 죽어버릴 수밖에 없답니다. 몇 해 동안이나 뒤를 보아주시
　　　고 보호하여주신 당신을 마지막 뵈옵건마는 내 눈은 상하고 내
　　　머리는 부서졌답니다. 그러니 어떻게 치하를 하고 뵈올 수가 있
　　　겠어요?

유모   (침대 옆으로 얼른 가 서며 아내의 귀에) 의사가 무엇이라고 하셨
        기에 아씨는 이렇게 일어나서 말씀을 많이 하십니까? 아씨께서
        는 이때껏 전심전력하여 길러드린 유모의 말을 안 듣고 너무 몸
        을 함부로 가지셔서 늙은것에게 별 참혹한 정상을 다 보이시고
        도 그저 삼가실 줄을 모르십니까?

남편   (유모에게 손짓을 하며 방물장사에게) 웬 사람이요?

방물장사 방물장사랍니다. 좀 팔아줍시오. 하루에 몇 십 전 벌어서 근근
        살아간답니다.

남편   (지갑에서 돈을 꺼내 방물장사에게 주며) 그저 가지고 가시오.

방물장사 (미안한 듯이) 분을 드릴까요? 기름을 드릴까요?

남편   아마 우리 집에는 분도 기름도 바를 사람이 없나보오. 머리는
        터지고 얼굴은 깨여지고. (고민하듯이 두 손길로 얼굴을 가린다)

방물장사 (혼잣소리같이 중문 밖으로 나가며) 얼굴은 깨지고 머리는 터지고
        다리팔도 다 부러지고 분 기름 소용도 없지. (다시 댓돌 위의 신
        발을 돌아다본다)

아내   (몽유병자와 같이 팔을 내저으며) 유모! 유모! (유모 그 옆으로 가서
        그 손을 잡아준다) 나를 교의 위에 앉히어서 김 선생님의 사진 앞
        에 옮겨주어요. 마지막 청이오.

남편   (주저하는 유모에게) 교의를 이리로 가져오시오. 나하고 둘이 안
        아서 옮겨 앉힙시다. (유모는 교의 하나를 침대 앞에 갖다놓으며 아
        내의 바른편을 부축하매 남편은 아내의 왼편을 부축하여 옮겨 앉히
        며) 조금도 미안히 여기지 마시오. 나만은 당신을 영 버리지 않
        으리다. 그러나 당신은 나라는 장애물 때문에 당신의 그 작은
        애처로운 이상을 실현치 못하신 것이요.

아내   (머리를 흔들며) 당신은 얼마나 나를 호화롭게 하여주시었어요?

당신은 얼마나 마음까지 부유하신 어른이어요? 내가 이번에 죽어 다시 사람이 되고 또 여자로 태어나거든 꼭 당신 같은 어른에게로 정말 시집을 올 터입니다. 내 어두웠던 이야기를 마세요, 그때에는.

남편 (아내를 힘 있게 끌어안으며) 당신은 이때부터 영원히 내 아내요. 사람의 생각하던 모든 것이 다 열렬하면 열렬할수록 현실에 끌어내려 볼 때에는 거의 다 당신같이 상처받게 되는 것이오. 역시 당신은 아름다운 이요.

아내 (한편 사진틀 옆에 앉히어서 상한 손길을 내저으며) 아이고 상한 손길로 만져 알 수 없는 동경! 사람마다 칭찬하여주시던 아름.

『애인의 선물』, 회동서관, 1930년 추정.

여성성을 절실하게 열다

_맹문재

1

　김명순은 1917년 《청춘》의 현상문예 모집에 단편소설 「의심의 소녀」
가 당선, 한국 근대문학사에서 최초의 여성 소설가가 되었다. 또한 1925
년 『생명의 과실』이라는 시집을 간행한 시인이었다. 김명순의 등장은 한
국 근대문학이 남성만이 아니라 여성에 의해서도 주도되었음을 보여준
다. 특히 1917년은 한국 근대 소설사에서 중요한 작품으로 평가받는 이
광수의 「무정」이 《매일신보》에 연재된 해이기도 하므로, 그의 등장은 한
층 더 주목된다. 김명순은 문단에 진출한 뒤 본명과 망양초望洋草 혹은
망양초茫洋草, 탄실彈實, 망양생望洋生 등의 필명을 사용하면서 다양한 작
품 활동을 했다. 그 결과 2008년 12월 현재까지 필자가 발굴한 바로는
시 96편, 번역시 9편, 소설 19편, 번역소설 1편, 산문 20편, 희곡 1편, 각
본 1편 등 총 147편의 작품을 남겼다. 작품 활동을 제대로 할 수 없는 일
제 강점기와 가부장적 남성주의가 지배한 여건 속에서 거둔 성과이기에
실로 놀라울 뿐이다.

김명순은 1925년 창작집 『생명의 과실』(한성도서주식회사)을 간행했다. 이 창작집에는 시 24편 외에 감상문 4편, 소설 2편 등도 수록되어 문집이라고 볼 수도 있지만, 양적인 면에서나 성격적인 면에서나 시집이라고 보아도 무리가 없다. 『생명의 과실』은 김억의 『해파리의 노래』(1923), 주요한의 『아름다운 새벽』(1924), 박종화의 『흑방비곡黑房秘曲』(1924) 다음에 나온 것으로 한국 근대시의 형성에 기여한 바가 큰데, 최초의 여성 시집이라는 의의를 갖는다.

　　김명순의 시작 활동을 좀 더 살펴보면, 1925년에는 첫 시집 『생명의 과실』을 간행했을 뿐만 아니라 13편의 시를 발표해 총 37편이나 성과를 거두었다. 1926년 6편, 1927년 8편을 발표해 왕성한 작품 활동을 이어갔다. 그런데 1928년 1편밖에 발표하지 않을 정도로 큰 변화를 보였다. 그 이유는 여러 면에서 살펴보아야 하겠지만, 영화 출연이 큰 영향을 끼쳤을 것으로 보인다. 김상배가 편저한 『탄실 김명순 나는 사랑한다』에 정리된 연보에 따르면 김명순은 1927년 대륙키네마사의 〈나의 친구여〉에 김소영金素英과 함께 출연한 후 1928년 이경손 프로덕션이 제작하는 〈숙영낭자전〉에 조경희趙敬姬와 함께 출연했고, 1930년 안종화 감독의 영화 〈꽃장사〉 및 〈노래하는 시절〉, 김영환 감독의 〈젊은이의 노래〉 등에도 출연했다. 이와 같은 삶의 변화로 인해 시작 활동이 다소 주춤했다고 볼 수 있다. 1930년(추정) 10편의 시작품을 수록한 창작집 『애인의 선물』을 발간할 정도로 열의가 식지 않았지만, 1933년 3편, 1934년 3편, 1936년 1편에서 보듯이 지속하지 못했다. 1938년 6편을 발표해 시작 활동이 다시 살아나는 듯했으나, 1939년 《삼천리》에 「그믐밤」을 발표한 후 더 이상 보이지 않았다. 지금까지 발굴된 김명순의 마지막 작품은 1947년 10월 3일 《산업신문》에 발표한 산문 「정치 동향과 산업」이다.

2

김명순의 시세계는 자아 인식을 바탕으로 남녀평등과 민족해방을 지향한 것이라고 정리할 수 있다.[*] 자아 인식은 그가 처음 발표한 시작품인 「조로朝露의 화몽花夢」에서부터 여실히 나타나고 있다. 그리하여 김여제, 최승구, 김억, 주요한 등과 마찬가지로 정형시를 극복한 형식적인 면에서뿐만 아니라 이 세계 속에 존재하는 자아를 자각한 내용적인 면에서 자유시의 형성에 기여한 것이다. 유교주의 인습에 젖어 있는 자신을 극복하는 일은 결코 쉽지 않다. 눈물을 흘릴 정도로 고독하고 불안하고 고통을 수반하는 것이다.

　　탄실彈實이는 단꿈을 깨뜨리고 서어함에 두 뺨에 고요히 굴러 내려가는 눈물을 두 주먹으로 씻으며 백설 같은 침의寢衣를 몸에 감은 채 어깨 위에는 양모羊毛로 두텁게 직조한 흰 숄을 걸치고 십자가의 초혜草鞋를 신고 후원의 이슬 맺힌 잔디 위로 창랑蒼浪히 걸어간다.

(중략)

사랑하는 이여
나의 넓은 화원에서
오색으로 화환을 지어
그대의 결혼식에

* 이와 같은 논지는 맹문재, 「김명순 시의 주제 연구」(『한국언어문학』 제53집, 한국언어문학회, 2004, 441~462쪽), 맹문재, 「조로의 화몽부터 그믐밤까지의 여성인식—김명순의 생애와 시세계」(『현대시의 성숙과 지향』, 소명출판, 2005, 82~94쪽)에 나타나 있다.

예물을 드리려 하오니
오히려 부족하시면
당신의 마음대로
색색의 꽃을 꺾어서
뜻대로 쓰소서

(중략)

　불치의 병에 우는 탄실의 눈물…… 초엽草葉에 맺힌 이슬이 조일朝日
의 광채를 받아 진주珍珠같이 빛난다.

―「조로의 화몽」 부분

　시인의 자아 인식은 "단꿈을 깨뜨리고 서어함에 두 뺨에 고요히 굴러
내려가는 눈물을" 흘리는 주인공의 모습에서 확인된다. '망양초'가 '백
장미'와 '홍장미'에게 '나비'가 돌아온다고 약속해 10년째 노래를 부르
며 기다리고 있다는 얘기를 꿈속에서 들은 뒤 깨어난 '탄실이'는 가슴
아파하며 '눈물'을 흘리는데, 슬픔의 표현을 넘어 자아 인식을 표상한
것이다.
　1920년대 초의 자유시에서 눈물은 중요한 의미를 갖는다. 주요한, 황
석우, 홍사용 등의 작품에도 눈물이 지배하고 있는데, 3·1운동의 실패
로 말미암아 시인들이 절망감을 나타낸 것이기도 하지만, 한 개인으로는
감당할 수 없는 세계를 정직하게 인식한 모습이기도 하다. 따라서 눈물
을 흘린 것은 좌절이나 절망만이 아니라 좀 더 절실하게 자아를 응시한
모습으로 볼 수 있다.

매1 형님의 말이면 그이는 들을 것이외다. 영호 씨를 내게로 전하여 주시오 형님 같은 병 앓는 이는 그를 행복하게 할 수 없습니다.

성실 (입을 감쳐물고) 나는 영호 씨를 내 소유로 알지는 않는다. 그는 절대로 큰 힘을 가진 한 사람이다 나는 그를 좌우할 모책謀策을 쓸 수가 없다.

(중략)

매1 아아 그러면 나는 형님을 천대 만대 저주할 수밖에 없습니다. 사람이 이렇게 곤궁하여졌을 때 조고만 힘도 안 빌린다는 것은 인정이 아니외다.

성실 나는 네 연애 혹 결혼문제에는 방해자는 아니나 무능력자이다 다만 네 눈이 더 밝아지고 네 귀가 더 밝아지기를 바랄 뿐이다.

매1 나는 장님이나 귀머거리가 아니외다.

성실 너는 고요히 너 홀로 생각하면 내가 말하지 않아도 다 알 것이다.

매1 나는 그런 불안한 생각을 하려고는 아니합니다.

성실 먼저도 말했거니와 자기가 누릴 행복은 자기가 얻어야 할 것이다 제3자에게 구할 것은 아니다.

—「의붓자식」 부분

김명순이 남긴 유일한 희곡인 「의붓자식」에서도 자아 인식은 확인된다. 이 작품에서 주인공인 '성실'은 폐병을 앓고 있는데, 어머니를 여읜 후 새어머니와 이복 자매로부터 자신이 사랑하는 사람까지 포기하기를 강요받을 정도로 차별받고 있다. 김명순이 어린 시절 서자 출신으로서 집안에서 받았던 서러움이 반영된 면으로 보인다. 그렇지만 '성실'은 눈물을 흘리면서도 자신을 포기하지 않고 있다. 사랑하는 사람을 자신에게 넘겨달라고 억지를 부리는 이복동생에게 "먼저도 말했거니와 자기가 누릴 행복은 자기가 얻어야 할 것이다. 제3자에게 구할 것은 아니다."라고 분명한 입장을 전하고 있는 것이다.

3

김명순의 자아 인식은 개인 차원에 국한되지 않고 사회적인 영역으로 확대되었다는 점에서 의의가 크다. 그것은 김명순이 여성이라는 신분이었기 때문에 여성성의 자각을, 즉 남녀평등을 자각한 점으로 요약할 수 있다.

> 조선아 내가 너를 영결永訣할 때
> 개천가에 고꾸라졌던지 들에 피 뽑았던지
> 죽은 시체에게라도 더 학대해다오.
> 그래도 부족하거든
> 이다음에 나 같은 사람이 나더라도
> 할 수만 있는 대로 또 학대해보아라
> 그러면 서로 미워하는 우리는 영영 작별된다
> 이 사나운 곳아 사나운 곳아.
>
> ―「유언」 전문

김명순은 자신이 살아가던 조선 사회를 "이 사나운 곳아 사나운 곳아."라고 경멸할 정도로 비판하고 있다. 한 여성으로서 겪어야 하는 사회적인 불평등 내지 불이익에 대항하고 있는 것이다. 김명순이 살아가던 시대는 남성 중심의 관습과 윤리가 지배해 여성은 평등한 삶을 영위할 수 없었다. 그것을 개선할 수 있는 사회적 분위기나 제도를 마련할 수도 없었다. 그리하여 시인은 '유언'이라는 극단적인 행동을 내보이면서 여성성을 추구하고 있는 것이다.

김명순은 남성에게 종속된 여성들의 실체를 고발하고 있는데, 주체성을 가져야만 자신에게는 물론이고 남성들과 인격적이고 평등한 관계를 가질 수 있다고 생각했다. 그것은 동시대의 남성 작가들과는 분명 다른 세계관이었다. 가령 이해조나 이광수가 자유연애를 제시했지만, 남성의 기득권을 포기하지 않은 것이기에 김명순이 추구한 여성성에 비해서는 진정성이 부족할 수밖에 없었다.

그와 같은 모습은 김동인이 "아직 어떤 레벨까지 올라갔던 사람은 여류에서는 김명순이 유일인이었다."(「적막한 예원」)라고 김명순의 작품 세계를 높이 평가하면서도, 「김연실전」에서는 그를 연애와 문학과 선각자의 의미를 제대로 이해하지 못한 채 혼동된 생활을 하는 무능하고 비도덕적인 인물로 그리고 있는 데서도 확인된다. 전영택도 「김탄실과 그 아들」에서 김명순이 남자들에게 버림당하고 무능한 경제 활동을 한 결과 정신이상자가 되었다고, 그에게 책임을 전가하고 있다. 팔봉 김기진의 경우는 더욱 원색적으로 왜곡했다.

그로 하여금 '일개의 멜랑콜릭한 여성'을 만든 것이 의붓자식이라는 처지였으며 얼마간 퇴폐적 기분을 가지고 있게 한 것이 그의 가정 안의 환경이 아니었을까? (중략)

이것들 제요소를 층층이 쌓아 놓은 그 중간을 꿰뚫고 흐르는 것이 외가의 어머니 편의 불순한 부정不淨한 혈액이다. 이 혈액이 때로 잠자고

때로 굽이치며 흐름을 따라서 그 동정動靜이 일관되지 못한다. 그리하여
이 동, 정이, 그의 시에, 소설에, 또한 그의 인격에 나타난다.

—김기진, 「김명순 씨에 대한 공개장」 부분

1925년에 결성되어 1935년 해체되기까지 카프문학을 이끌었던 김기
진이 김명순의 "부정不淨한 혈액"이 "그의 인격에 나타"났다고 주장한 사
실은 충격적이다. 프롤레타리아 문학을 통해 민중해방을 목표로 삼은 그
였지만 여성 인식은 매우 얕았음을 보여주는 것이다. 이는 한 개인의 문
제가 아니라 동시대 남성들의 보편적인 여성 인식이었음을 확인시켜준
다. 그렇지만 김명순은 그와 같이 열악한 환경 속에서도 좌절하지 않고
여성성을 추구했다.

> 남편 (유모의 뒷모양을 바라보다가) 당신은 그래도 나를 의지하여 살아
> 갈 마음은 없구려. 이런 때에도 나는 당신에게 소용이 없습니까?
> 아내 (면목 없는 듯이 머리를 숙이고) 이날 이때껏 당신을 의지하고만
> 살아오지 않았습니까? 그래서 퍽 미안한 때가 많았답니다. 그런
> 데 지금은 나리께서도 자신의 행복을 따로 찾으신 바에야 내가
> 더 괴로움을 끼칠 수가 있겠어요? 당신의 영원한 행복을 빌 뿐입
> 니다.

—「두 애인」 부분

위의 각본은 김명순의 두 번째 창작집인 『애인의 선물』에 수록되어
있는 것인데, 남편이 새로운 여자를 알게 되자 아내는 그 사실을 문제 삼
기보다 오히려 자신의 자유를 얻는 기회로 삼는다는 내용을 담고 있다.
그와 같은 주제는 당시로서는 실로 획기적인 것이었다. 그만큼 김명순은

여성으로서의 주체성을 바탕으로 철저하게 남녀평등을 추구했던 것이다. 김명순이 동시대의 남성 작가들에 비해 결코 뒤지지 않은 작품 활동을 할 수 있었던 것은 그와 같은 자세를 견지했기 때문이다.

4

사회적 차원으로 확대된 김명순의 자아 인식은 민족 해방의 추구까지 나아갔다. 그가 살아간 시대가 일제 강점기였기 때문에 민족 문제는 중요할 수밖에 없었다. 주지하다시피 일제는 식민지 지배를 정당화하고 또 세계전쟁의 병참기지로 만들기 위해 조선을 갖가지로 수탈했다. 토지 조사 사업을 통해 국토를 약탈하고, 회사령을 공고해 민족 산업을 억제시키고, 학교 교육을 통해 역사를 유린하고, 그리고 언론을 탄압해 정세를 철저히 왜곡시켰다. 따라서 주체성을 가진 조선인으로서 취해야 되는 태도는 총독부의 관료가 되는 것이 아니라 일제에 대항하는 것이었다.

> 귀여운 내 수리 내 수리
> 힘써서 아프다는 말을 말고
> 곱게 참아 겟세마네를 넘으면
> 극락의 문은 자유로 열리리라.
>
> 귀여운 내 수리 내 수리
> 흘린 땀과 피를 다 씻고
> 하늘 웃고 땅 녹는 곳에
> 골엔 노래 흘리고 들엔 꽃 피자

그대가 세상에 없었던들
무엇으로 승리를 바라랴.

그때까지 조선의 민중
너희는 피땀을 흘리면서
같이 살길을 준비하고
너희의 귀한 벗들을 맞아라.
　　　　　　　　　—「귀여운 내 수리」 부분

　'수리'는 부리와 발톱이 날카롭고 힘이 센 맹금이다. 김명순이 그
'수리'를 자신과 동일시한 것은 강한 민족의식의 표출이라고 볼 수 있
다. 다시 말해 민족이 결코 추락하지 않고 언젠가는 수리와 같이 창공으
로 날아오를 것이라고 믿은 것이다. "곱게 참아 겟세마네를 넘으면/극락
의 문은 자유로 열리리라."는 것이 그 희망의 집약이다. 일제의 학정이
고통스럽지만 준비하면서 참고 있으면 반드시 민족 해방이 이루어진다
고 확신하고 있는 것이다.

　김명순의 민족 해방 인식은 이육사가 「광야」에서 "백마 타고 오는 초
인이 있어/이 광야에서 목놓아 부르게 하리라"라고 예견한 것을 연상시
키는데, 동시대의 시단에서 주목된다. 김여제나 최승구, 그리고 단재 신
채호 등이 민족 해방을 추구한 시를 쓰고 있었지만 여성으로서는 선구적
인 것이었기 때문이다. 따라서 김명순의 민족 해방 인식은 한국 근대 시
문학사에서 중요한 의미를 띤다.

김명순은 1896년 평안남도 평양군 융덕면에서 김희경과 김인숙(또는 김인정) 사이에서 장녀로 태어나 서울 진명여학교를 졸업했다. 졸업 후 일본으로 건너가 수학했다. 1917년 《청춘》을 통해 작품 활동을 시작해 근대 문학의 토대를 형성하는 데 기여했다.

김명순은 1919년 김동인, 전영택, 주요한 등과 《창조》 동인으로 활동한 것은 물론 활발하게 작품 활동을 했는데, 1920년 《창조》 7호에 발표한 「조로의 화몽」은 근대 자유시의 형성에 기여한 바가 크다. 1922년 번역시 9편을 발표했고, 1923년 희곡작품 「의붓자식」을 《신천지》 7호에 발표했으며, 1924년 자전 소설인 「탄실이와 주영이」를 《조선일보》에 연재했다. 1925년에는 매일신보사에 입사해 기자 생활을 했고, 첫 창작집 『생명의 과실』을 간행했다.

> 이 단편집은 오해받아온 젊은 생명의 고통과 비탄과 저주의 여름으로 세상에 내놓음이다.

위의 인용에서 볼 수 있듯이 김명순의 첫 시집 서문은 단 한 문장으로 되어 있는데, '오해' '고통' '비탄' '저주' 등의 어휘들에서 확인되듯이 분위기가 밝지 않다. 여성이라는 이유로 유교주의에 젖어 있는 남성들로부터 "오해받"을 정도로 심한 상처를 받았기 때문이다. 그렇지만 김명순은 좌절하거나 포기하지 않고 자신의 '여름'을, 즉 열매를 "세상에 내놓"은 것이다.

김명순은 1926년 조선통신중학관에서 발행한 『조선시인선집』에 「추억」 「거룩한 노래」 「만년청萬年靑」 「5월의 노래」 「언니의 생각」 등 5편을 발표했다. 1927년 이후에는 영화에 출연했고, 1930년(추정)에는 두 번째 창작집 『애인의 선물』을 간행했다. 이 창작집에는 시 10편, 산문 2편, 소설 2편, 각본 1편이 수록되어 있다. 그리고 1947년(52세) 산문 「정치 동향과 산업」을 발표했다. 김명순의 그 후 행적은 알 수 없는데, 동시대 문인들의 회고를 종합해볼 때 일본에 건너가 생활하다가 타계했을 것으로 추정된다.

김명순이 조선인으로서 증오했던 적국에서 생을 마쳤다는 사실은 나라 잃은 민족이 겪어야만 했던 비극이다. 더욱이 여성으로서 남성주의가 지배한 사회에 적응할 수 없어 쫓겨난 것이기에 안타깝다. 이병도 박사의 회고에 따르면 김명순은 1938년 무렵부터 자신의 집에 기거하면서 『조선유학사』 원고를 정리하는 일을 도왔다. 순전히 생계를 유지하기 위한 것이었는데, 그만큼 여성으로서 살아가기가 힘들었던 것이다. 그리하여 김명순은 자존심에 상처를 받으면서 더 이상 조국에서는 살 수 없다고 생각한 것이었다.

그동안 김명순의 작품세계를 연구한 학위논문(석사)으로는 김미교의 「김명순 문학 연구」, 김주의 「김명순 소설의 자기심리학적 연구」, 문미령의 「김명순 문학 연구」, 심기혜의 「김명순 소설 연구」, 조옥순의 「김명순 문학 연구」 등이 있다.

1896년 (1세) 1월 20일(양력) 평안남도 평양군 융덕면 1리 3통 1호에서 김희경金羲庚
과 김인숙金仁淑(또는 김인정金仁貞) 사이에서 장녀로 태어남. 아버지에게는 본
처 송씨가 낳은 이복 오빠 기창箕昌이 있었음. 명순의 동생으로는 기동箕東, 화
순和淳, 기명箕明, 영순英淳, 기성箕成, 기원箕元, 기만箕晩과 어머니 김씨가 세상
을 뜬 뒤 계모로 들어온 승承씨가 낳은 기두箕斗, 기양箕陽, 덕순德淳이 있었음.

1902년 (7세) 평양 남산현학교南山峴學校에 입학.

1903년 (8세) 기독교 계통의 평양 사창골 야소교 학교 3학년으로 진급해서 전학함.

1907년 (12세) 서울 진명여학교進明女學校 보통과 1학년에 입학. 어머니 김씨 38세로
사망.

1911년 (16세) 서울 진명여학교 보통과 제4회로 졸업. 졸업 후 일본에서 수학했다고
알려짐.

1917년 (22세) 육당 최남선이 주간하던 잡지 《청춘》의 현상 응모에 단편소설 「의심의
소녀」가 2등으로 당선. 심사위원은 이광수와 최남선이었음.

1919년 (24세) 김동인, 전영택, 주요한 등과 《창조》 동인에 가담함.

1920년 (25년) 일본에 체류하면서 조선 유학생 기관지 《학지광》, 『여자계』 등에 시,
수필, 소설을 발표함. 산문시 「조로의 화몽」(『창조』 7호)을 망양초望洋草라는
필명으로 발표함.

1921년 (26세) 소설 「칠면조」(《개벽》12월호~1922년 1월호)를 발표함.

1922년 (27세) 「표현파의 시」 등(《개벽》 28호, 9월)과 E. A. 포의 소설 「상봉相逢」(《개
벽》(29호, 10월)을 번역해서 발표함.

1923년 (28세) 소설 「선례」와 시 「기도, 꿈, 탄식」, 「환상」(《신여성》10월호)을 발표함.

1924년 (29세) 시 「위로」를 폐허파 동인지 《폐허 이후》(1호)에 , 자전적 소설 「탄실이
와 주영이」를 《조선일보》(6월 14일~7월 15일)에 발표함.

1925년 (30세) 매일신보사에 여성 기자로 입사하여 염상섭, 안석영 등과 함께 일함. 4
월 첫 창작집 『생명生命의 과실果實』(한성도서주식회사)을 간행함.

1926년 (31세) 논문 「여인 장발에 대하여」(《신민》, 1월호)를 발표함. 10월 조선통신중
학관에서 발행한 『조선시인선집』에 「추억」 「거룩한 노래」 「만년청萬年青」 「5

월의 노래」「언니의 생각」 수록함.

1927년(32세) 조선키네마사의 이경손 감독의 권유로 영화 「광랑狂浪」에 주연으로 출연할 계획이었으나 이경손의 사정으로 취소됨. 10월 대륙키네마사의 「나의 친구여」에 김소영金素英과 함께 출연함.

1928년(33세) 이경손 프로덕션이 제작한 〈숙영낭자전〉에 조경희趙敬姫와 함께 출연함.

1929년(34세) 콩트 「모르는 사람같이」(《문예공론》 5월호)를 발표함.

1930년(35세) 영화 〈꽃장사〉(안종화 감독), 〈노래하는 시절〉(안종화 감독), 〈젊은이의 노래〉(김영환 감독) 등에 주연으로 출연함. 두 번째 창작집 『애인의 선물』(회동서관)을 간행함. 정확한 간행 연도는 판권 부분이 낙장이어서 알기 어려움. 이 창작집은 보성고등학교에 재직하는 오영식 선생님에 의해 발굴됨.

1931년(36세) 시 「개척자」(《시대공론》 1호)를 발표함.

1933년(38세) 시 「수도원으로 가는 벗에게」(《신동아》 7월호) 및 「고구려성을 찾아서」(《신동아》 8월호)를 발표함.

1934년 (39세) 시 「석공의 노래」(《동아일보》 5월 26일)를 발표함.

1936년(41세) 시 「샘물과 같이」(《신인문학》 10월호), 산문 「생활의 기억」(《매일신보》 11월 19일) 등을 발표함.

1937년(42세) 동화 「부동이와 밀감」(《매일신보》 11월 28일)을 발표함.

1938년(43세) 이병도 박사 댁에 머물면서 『조선유학사』의 원고를 정리함. 《매일신보》에 소년소설 「고아원」(4월 3일), 「고아의 결심」(5월 29일), 「고아원의 동무」(6월 26일)를 발표함.

1939년(44세) 시 「그믐밤」(《삼천리》 1월호)을 발표함.

1947년(52세) 김명순의 마지막 글로 보이는 산문 「정치 동향과 산업」(《산업신문》 10월 3일)을 발표함.

1951년(56세) 4월(?) 일본 청산뇌병원에서 사망 추정.

1981년 10월 김상배에 의해 시 60편 소설 14편 산문 7편 등 총 91편의 작품이 발굴된 전집 『탄실 김명순 나는 사랑한다』(도서출판 솔뫼)가 발간됨.

2009년 1월 맹문재에 의해 시 96편, 번역시 9편, 소설 19편, 번역 소설 1편, 산문 20편, 희곡 1편, 각본 1편 등 총 147편의 작품이 발굴됨.

■ 시

1920년 「조로朝露의 화몽花夢」, 《창조》(7호) 7월

1922년 「동경」「고혹蠱惑」「발자취」「재롱」, 《개벽》(제24호) 6월

「옛날의 노래여」, 《개벽》(제27호) 9월

1923년 「향수」, 《동명》1월

「기도, 꿈, 탄식」「환상」, 《신여성》(제1권 제2호) 10월

1925년 「단장斷腸」, 《조선일보》1월 5일

「언니 오시는 길에」「언니의 생각」, 《조선일보》2월 16일

「오오 봄!」「우리의 이상」, 《조선일보》3월 23일

「길」「내 가슴에」「저주」「싸움」「분신」「사랑하는 이의 이름」「남방南邦」「옛날의 노래」「외로움의 부름」「위로慰勞」「밀어密語」「재롱」「귀여운 내 수리」「탄식」「기도」「꿈」「유언遺言」「유리관 속에」「그쳐요」「바람과 노래」「소소甦笑」「무제無題」「탄실의 초몽初夢」「들리는 소리들」, 『생명의 과실』4월, 한성도서주식회사

「창궁蒼穹」「언니 오시는 길에」, 《조선문단》(제8호) 5월

「5월의 노래」, 《조선일보》5월 4일

「무제無題」, 《조선일보》7월 6일

「무제無題」, 《조선일보》7월 17일

「외로움의 변조變調」, 《동아일보》7월 20일

「추억」, 《신민》11월

「향수」, 《조선일보》12월 19일

1926년 「보슬비」, 《조선문단》4월

「그러면 가리까」, 《조선일보》8월 19일

「추억」「거룩한 노래」「만년청萬年靑」「5월의 노래」「언니의 생각」, 『조선시인선집』10월 13일, 조선통신중학관

1927년 「두어라」, 《매일신보》2월 24일

「희망」, 《현대평론》(창간호) 2월

「불꽃」,《현대평론》(제1권 제2호) 3월

「이심二心」,《동아일보》11월 6일

「추경」,《동아일보》11월 12일

「비가」,《동아일보》11월 14일

「연가」,《동아일보》11월 24일

「비련」,《동아일보》12월 6일

1928년　「수건」,《새벗》(제1권 제4호) 1월

1930년(추정)　「봉춘」「추경」「애상」「저주된 노래」「정절」「불꽃」「곽공」「희망」「연모」,
『애인의 선물』, 회동서관

1933년　「수도원修道院으로 가는 벗에게」,《신동아》7월

「고구려성高句麗城을 찾아서」,《신동아》8월

1934년　「석공石工의 노래」,《동아일보》5월 26일

「나 하나 별 하나」「빙화氷華」,《동아일보》11월 16일

1936년　「샘물과 같이」,《신인문학》10월

1938년　「시詩로 쓴 반생기半生記」,《동아일보》3월 10일 11일 12일

「두벌 꽃」「심야深夜에」「바람과 노래」,《동아일보》4월 23일

「석공의 노래」,《삼천리》8월

「부금조浮金彫」,《삼천리》12월

1939년　「그믐밤」,《삼천리》1월

■ 번역시

1922년　「웃음」「비극적悲劇的 운명」「나는 찾았다」「눈」「주장酒場」「대아大鴉」「헬
렌에게」「빈민의 사死」「저주의 여인들」,《개벽》제28호 10월

■ 희곡 및 각본

1923년　희곡「의붓자식」,《신천지》7월

1930년(추정) 각본「두 애인」,『애인의 선물』, 회동서관

| 연구 자료 |

■ 단행본

김명순, 『생명의 과실』, 한성도서주식회사, 1925.
──────. 『애인의 선물』, 회동서관, 1930(추정).
김상배 편, 『탄실 김명순 나는 사랑한다』, 도서출판 솔뫼, 1981.

■ 학위논문

김미교, 「김명순 문학 연구」, 단국대 석사 논문, 2007.
김복순, 「1910년대 단편소설 연구」, 연세대 박사 논문, 1991.
김 주, 「김명순 소설의 자기심리학적 연구」, 부산대 석사 논문, 2005.
문미령, 「김명순 문학 연구」, 서강대 석사 논문, 2006.
서정자, 「일제강점기 한국 여류 소설 연구」, 숙명여대 박사 논문, 1987.
신달자, 「1920년대 여류시 연구」, 숙명여대 석사 논문, 1980.
심기혜, 「김명순 소설 연구」, 중앙대 교육대학원 석사 논문, 1996.
이유진, 「1920년대 한국 여성시 연구」, 부산외국어대 교육대학원 석사 논문, 1996.
이정옥, 「한국 여류 소설 연구」, 서강대 석사 논문, 1987.
윤홍로, 「1920년대 한국 소설 연구」, 서울대 박사 논문, 1980.
정영자, 「한국 여성 문학 연구」, 동아대 박사 논문, 1987.
조옥순, 「김명순 문학 연구」, 공주대 석사 논문, 1999.

■ 논문 및 평론

강신주, 「김명순, 김원주, 나혜석의 시」, 《국어교육》 제97집, 한국국어교육연구회,
    1998.
김동인, 「적막한 예원— 탄실 김명순」, 《매일신보》, 1941. 9. 21.

김기진, 「김명순 씨에 대한 공개장」, 《신여성》, 1924. 11.

김기현, 「사랑과 슬픔의 문학―김명순 편」, 『내 청춘의 배는』, 도서출판 두산, 1985.

――, 「4월의 창작란」, 《조선문단》, 1926. 5.

김미현, 『한국 여성 소설과 페미니즘』, 신구문화사, 1996.

김복순, 「지배와 해방의 문학」, 『페미니즘 소설 비평―근대편』, 한길사, 1995.

――, 『1910년대 한국 문학과 근대성』, 소명출판, 1999.

김영덕, 「한국 근대의 여성과 문학」, 『한국여성사 개화기-1945』(김영덕 외), 이화여자대학교 출판부, 1972.

김정자, 「김명순 문학의 여성학적 접근」, 『여성학 연구』 제2집, 부산대학교 여성학연구소, 1990.

――, 「김명순 그 사랑과 어둠의 은변가」, 《월간문학》, 1991. 1.

맹문재, 「김명순 시의 주제 연구」, 《한국언어문학》 제53집, 한국언어문학회, 2004.

――, 「조로의 화몽부터 그믐밤까지의 여성인식」, 『현대시의 성숙과 지향』, 소명출판, 2005.

박명진, 「김명순의 〈어붓 자식〉」, 《한국 극예술 연구》 제10집, 한국극예술학회, 1999.

――, 「김명순 희곡 연구」, 《어문논집》 제2집, 중앙어문학회, 1999.

박혜숙, 「여성 자기 서사체의 인식」, 《여성문학연구》, 한국여성문학학회, 2002. 8.

서정자, 「김명순의 창작집 『애인의 선물』」, 《여성문학연구》, 한국여성문학학회, 2002.

서정자 · 박영혜, 「근대 여성의 문학활동」, 『한국근대여성연구』, 숙명여대 아세아아문제연구소, 1987.

송호숙, 「식민지 근대화와 신여성 최초의 여류 소설가 김명순―자유연애주의의 비극」, 《역사비평》 제19집, 역사문제연구소, 1992년 여름호.

신지연, 「1920년대 여성담론과 김명순의 글쓰기」, 《어문논집》 제48집, 민족어문학회, 2003.

안숙원, 「김명순과 의심의 소녀 다시 읽기」, 『한국 여성 서사체와 시학』, 예림, 2003.

이덕화, 「신여성에 나타난 근대 체험과 타자 의식 : 김명순을 중심으로」, 《여성문학연구》, 한국여성문학학회, 2003.

이명온, 『흘러간 여인상』, 인간사, 1963.

이옥수, 「1920년대 초기 문단, 화단의 선구 여성」, 『한국 근대 여성사화』(상), 규문
　　　각, 1985.
———. 「내가 아는 김명순」, 《현대문학》, 1963. 2.
정영자, 『한국 여성시 연구』, 평민사, 1996.
———. 『김명순 소설 연구』, 세종출판사, 2002.
채　훈, 『1920년대 한국 작가 연구』, 일지사, 1976.
춘　해, 「문사들의 이 모양 저 모양」, 《조선문단》 제4호, 1925. 1.
홍인숙, 『누가 나의 슬픔을 놀아주랴』, 서해문집, 2007.
황재군, 「김명순 시의 근대성 연구」, 《선청어문》 제28집, 서울대 국어교육과, 2000.

한국문학의 재발견-작고문인선집

김명순 전집 시·희곡

지은이 ㅣ 김명순
엮은이 ㅣ 맹문재
기　획 ㅣ 한국문화예술위원회
펴낸이 ㅣ 양숙진

초판 1쇄 펴낸날 ㅣ 2009년 1월 15일

펴낸곳 ㅣ ㈜**현대문학**
등록번호 ㅣ 제1-452호
주소 ㅣ 137-905 서울시 서초구 잠원동 41-10
전화 ㅣ 516-3770
팩스 ㅣ 516-5433
홈페이지 www.hdmh.co.kr

ⓒ 2009, 현대문학

값 11,000원

ISBN 978-89-7275-514-2 04810
ISBN 978-89-7275-513-5 (세트)